Johannes Girmindl
1978
Roman

AF220240

Johannes Girmindl, 1978 in Wien geboren. Singer, Sinner, Songwriter und Schriftsteller, veröffentlicht im Eigenverlag Tonträger, schreibt unentwegt neue Lieder und Geschichten. Zuletzt erschienen: die besten Stücke (CD), Der Schreiber.

www.girmindl.at

Johannes Girmindl

1978

Roman

Bibliographische Information der Deutschen Nationalbibliothek:

Die Deutsche Nationalbibliothek verzeichnet diese Publikation in der Deutschen Nationalbibliographie; detaillierte bibliographische Daten sind im Internet über http://dnb.dnb.de abrufbar.

Herstellung und Verlag: BoD – Books on Demand,

Norderstedt

ISBN: 9783757816599

Mein aufrichtiger Dank gebührt abermals Eva Billisich, die sich all der Beistriche, der verqueren Satzstellungen und Wortwiederholungen in engelhafter Geduld angenommen und somit auch dieses Buch lesbar gemacht hat. Danke.

1 – Graz-Karlau

Sinatra war tot; nach 82 Jahren hatte sich der Demokrat, der die letzten Jahrzehnte die Republikaner unterstützt hatte, auf die wahrscheinlich letzte Reise begeben. Nach einer Ehrenrunde in seinem Lieblingslokal war er endgültig von der Bühne abgetreten. Falk selbst hatte sich gerade daran gewöhnt, dass er zwanzig geworden war. Auch zahlenmäßig kein Teenager mehr. Gut, er hatte nie wirklich einen Blick auf sein Alter geworfen, hatte nicht sehnlichst erwartet endlich sechzehn zu sein oder gar achtzehn - und somit volljährig. Und bei ihm musste es nicht, wie oftmals bei älteren Vertretern seiner Spezies, als Ausrede herhalten - um das gestiegene Alter zu relativieren -, dass er so jung war, wie er sich fühlte. Denn meistens fühlte er sich wesentlich älter als die Zahl, welche ihm zugeteilt worden war und welche er ein Jahr lang tragen durfte. Es war Samstagvormittag und Falk fischte sich eine Zigarette aus der Packung, steckte sie zwischen seine Lippen und ließ das Feuerzeug aufleuchten. Natürlich hatte er gefragt, ob er hier rauchen dürfe. Nachdem sich aber der Inhaber des kleinen Second-Hand-Geschäftes selbst eine Zigarette gedreht hatte und kurz darauf rauchend hinter seiner Budel stand und von den restlichen vier Herren ebenfalls zwei rauchten, hatte Falk es für akzeptabel befunden, sich der Mehrheit anzuschließen. Das kleine Geschäftslokal befand sich am Lerchenfelder Gürtel direkt neben dem sogenannten Thalia-Hof. Es war das dritte Geschäft, wenn man von der Thaliastraße aus Richtung Westbahnhof ging. Falk wusste gar nicht mehr, wieso er es jemals betreten hatte. Es war einer der typischen Second-Hand-Läden, die, wenn man wie Falk auf Plattenjagd war, nur spärlich zu befriedigen wussten. Meistens war die Auswahl relativ klein und kannte man einen, dann kannte man alle. Falk musste es durch Zufall hierher verschlagen haben, damals, vor etwa zwei Jahren und just wurde er seinerzeit auch fündig. *Country Memories* von Jerry Lee Lewis hatte er erstanden. Und das war - man konnte es getrost zugeben - eine kleine Besonderheit. In der Regel fand man die üblichen Best of- und Greatest Hits-Zusammenstellungen. Reguläre Alben, noch dazu aus der Countryzeit des Rock`n`Rollers, konnte man in einschlägigen Geschäften vorfinden, zu dementsprechenden Preisen, aber das hier war ein Zufallsfund gewesen. Er hatte sich die Platte zurücklegen lassen, da er an jenem Tag kein Geld bei sich gehabt hatte.

Bei der Abholung dann war er mit dem Besitzer, einem kurzgeschorenen älteren Herrn, trotzdem noch nicht pensionsreif, ins Gespräch gekommen. Hier fühlte sich Falk verstanden und als er an einem Samstag, an einem Vormittag wie heute, das kleine Geschäft aufsuchte, bot sich ihm eine Szenerie, die ihm bis dahin unbekannt gewesen war. Möglicherweise waren es dieselben Herren wie heute, die sich um den Inhaber des Ladens scharten und rauchend über alte Zeiten sinnierten. Möglicherweise lag es daran, dass Männer eines gewissen Alters - und sie waren alle augenscheinlich jenseits der Fünfzig - den Samstagvormittag nach Möglichkeit auswärts verbrachten. Sie vermieden dadurch zu viel Reibung mit der daheim gebliebenen Gattin oder versuchten der Einsamkeit, die eine leere Wohnung vor allem am Wochenende mit sich brachte, zu entkommen. Ob sich Falk einsam fühlte, konnte er zu diesem Zeitpunkt nicht wirklich beantworten. Nachdem er nach der Matura nach Wien übersiedelt war, um zu studieren, wie seine Mutter voll Stolz den anderen im Ort ungefragt mitteilte, war er in der Stadt angekommen, um festzustellen, dass hier niemand auf ihn gewartet hatte. Natürlich hatte er sich kein solches Szenario vorgestellt und er tat sich anfangs auch nicht schwer damit, er war immer schon ein Einzelgänger gewesen. Der Unterschied aber zu daheim war jener, dass er hier, auch wenn er wollte, sich nicht einfach Gesellschaft organisieren konnte. Hier besuchte er niemand auf gut Glück, denn die meisten seiner Freunde waren daheim geblieben oder hatten sich für eine entgegengesetzte

Himmelsrichtung entschieden. Falk machte die Not zur Tugend und erkundete die Stadt auf seine Weise. Er begann die noch verbliebenen Plattengeschäfte zu entdecken. War es früher eine Vielzahl gewesen, so gab es in den auslaufenden neunziger Jahren einige wenige, die alles daran setzten, dem Digitalzeitalter zu trotzen. Der sogenannte Vinyl-Boom hatte noch nicht eingesetzt, und so fristete das schwarze Gold ein relatives Nischendasein. Auch Falk fühlte sich als Bewohner einer Nische. Wie eine Heiligenfigur in einer Säule des Stephansdoms, in Stein gehauen, sich seines Platzes gewahr, den jedoch niemand mehr kannte.

Falk drückte den Stummel seiner Zigarette aus. Was die Herren in diesem Laden verband, war wohl eine gemeinsame Vergangenheit, waren sie doch alle eingesessen. Manche von ihnen auch mehrmals. Es war also kein wirklicher Zufall, dass sie sich hier zusammengefunden hatten; hier war quasi der Treffpunkt für resozialisierte, schon etwas in die Jahre gekommene Haftentlassene - wenn man sie so nennen wollte. Falk kannte keinen der Namen, die immer wieder fielen - wie auch?- das Gespräch handelte offensichtlich von Justizwachebeamten, die jeder über länger oder kürzer gekannt hatte. Anekdoten gab es offensichtlich genug auszutauschen und die Szenerie hatte fast den Charakter eines Klassentreffens. Im Rückblick war selbst das Drama erträglich und nichts wird so gerne verklärt wie die Vergangenheit. Falk wusste, dass er hier nicht hergehörte, was ihn aber trotzdem nicht daran hinderte, sich noch eine Zigarette anzuzünden. Er würde heute ohnehin nichts vorhaben. Die Rauchschleier vernebelten das kleine Lokal, schienen aber niemanden wirklich zu stören.

Als Falk das Geschäft am Gürtel verließ, schien ihm die Sonne ins Gesicht. Der Mai hatte seine Vorteile, wenn er die Eisheiligen ignorierte. Neben Falk brausten die Autos auf den drei Spuren dahin, machten ihren Lärm und hinterließen Staub und Abgase. Falk war alleine. Das war nicht das Problem. Er musste seine Zeit nicht unbedingt in Gesellschaft verbringen, seine Interessen benötigten ohnehin in großem Ausmaß diese Ressource. Er fühlte sich nur, und das war ihm vollkommen bewusst, über lange Strecken hin einsam. Unabhängig auch davon, ob er sich in Gesellschaft befand oder nicht. Gerade vorhin, im Kreis alternder Kleinkrimineller, hatte er so etwas wie einen Anschluss gesucht, ihn oberflächlich gefunden, dabei aber sofort bemerkt, dass er weit davon entfernt war, sich auch nur annähernd anzunähern. Der Umzug hatte lediglich eine Mitnahme von Kleidung und Büchern, ein paar Platten und ein paar sonstigen wenigen Habseligkeiten gestattet; Beziehungen hatte er zurücklassen müssen. Und was waren schon Telefonate? Sie konnten die Situation entschärfen, waren aber kein Ersatz für eine Umgebung, welche Beziehungen gedeihen ließ. Er war ein Fremder in einer vertrauten Stadt. Ein Heimkehrer in eine nicht vorhandene Heimat. Das Gefühl, welches er ein Leben lang suchen und höchstwahrscheinlich nicht mehr finden würde, gehörte in eine längst vergangene Zeit und es war fraglich, ob es sich jemals so angefühlt hatte, wie er es nunmehr vermisste.

2 – 1978

Bevor die Straßenbahnlinie 21 nach rechts abbiegen würde, um sich Richtung Praterstern zu verabschieden, stieg Falk aus. Er überquerte die Heinestraße, um weiter die Taborstraße Richtung Am Tabor entlang spazieren zu können. Auf der rechten Straßenseite befand sich der Rock Shop. Ein kleines Plattengeschäft, das sich auf Rock´n´Roll, Rockabilly, Country sowie weitere artverwandte Musikgenres spezialisiert hatte und von zwei Herren mittleren Alters geführt wurde, die zur Blütezeit der hier angepriesenen Musikalien wohl selbst noch in den Kinderschuhen gesteckt waren, vorausgesetzt, sie hatten damals überhaupt schon das Licht der Welt erblickt. Falk wusste gar nicht mehr so genau, wer ihm diesen Tipp, noch vor Internet und Co, gegeben hatte. Wesentlich war aber ohnehin, dass er letztendlich hier war. Und hier war es auch gewesen, dass Falk an einem heißen Samstagvormittag das Album *Keeps Rockin´* erstanden hatte. Jerry Lee Lewis war wohl sein musikalischer Urknall gewesen. Davor hatte es nichts gegeben. Die Orgel der Kirche, die Gitarre im Kindergarten – Blockflöte hatte er lernen müssen, das durfte vergessen werden –, ansonsten war da nicht viel gewesen. Sein Vater hatte ein Album des Musikers aufgelegt, da musste er so um die sieben Jahre alt gewesen sein, und das war es gewesen: bis zu seinem Tod, dem Tod des Künstlers, würde Falk sein getreuer Gefolgsmann sein, alle verfügbaren Platten in diversen Formaten sammeln, eine Handvoll Konzerte des in die Jahre Gekommenen besuchen und sich dann, nach dem Ableben der Legende, bewusst sein, dass seine Jugend ein für alle Mal vorbei war. Doch bis dahin war noch einiges an Zeit. Falk blätterte sich durch das Schaffen diverser Stars, deren große Erfolge schon längst hinter ihnen lagen, die zwar Legendenstatus genossen, möglicherweise weil sie schon längst das Zeitliche gesegnet hatten oder aber, weil ihre Lieder immer wieder in Filmen oder im Fernsehen auftauchten. Fats Domino, Chuck Berry, Carl Perkins oder eben der Killer, wie JLL sich auch gerne nennen ließ, sie alle waren in den Kisten und Regalen versammelt. Es gab Wanda Jackson, Brenda Lee und selbst Jerrys Schwester, Linda Gail Lewis, war vertreten. Mit Elvis würde sich Falk noch lange nicht anfreunden können. Der Sänger aus Tupelo war ihm einfach noch zu glatt. Er hatte eine Sammlung seiner größten Erfolge auf Platte, die ihm vorerst einmal reichte.

Es fehlte der Überblick über das Drama Elvis, das ihn an den Künstler heranführen würde. Bis dahin aber erforschte er lieber Bill Haley und seine Jahre in Mexico, die selbst so mancher Fan nicht auf dem Schirm hatte. Falk sah sich die Vorderseite der Plattencover genau an; mehr Zeit verbrachte er aber mit der Rückseite, vorausgesetzt sie hielt genügend Informationen bereit. Wer hatte die Songs geschrieben, wer produziert, wo war aufgenommen worden, wann war das Album erschienen. Und so entstand, bevor Falk es so richtig wahrnehmen konnte, die Idee, das Jahr 1978 veröffentlichungstechnisch zum Zentrum seiner Sammlung zu machen. Natürlich würde er sich nicht davon abbringen lassen, grundsätzlich alles von seinen Helden zu sammeln. Man wusste, wie so etwas ablief. Erst wollte man nur die regulären Alben, dann kamen Live-Aufnahmen und Compilations hinzu, danach die Singles wegen der B-Seiten, anschließend die Singles wegen der Cover. Dann begab man sich auf die Suche nach diversen Beiträgen, die versprengt auf Soundtracks oder gar Platten anderer Künstler zu finden waren, bis man in jenem Stadium angelangt war - man hätte geschworen es würde passieren -, in welchem man sogar bestimmte Ausgaben und somit ein Album mehrfach zu besitzen gedachte. Zusammenfassend konnte man ruhigen Gewissens behaupten, dass es nie enden würde, selbst wenn man die eigens gesteckten Ziele erreicht hatte. Falk würde noch gute zwanzig Jahre Zeit haben, um die Hoffnungslosigkeit seiner Situation zu erkennen. Jetzt aber blätterte er glücklich in den Plattenstößen und wusste nicht, welche davon er heute wohl mitnehmen würde. Ob er jemals in den Besitz aller LPs von Little Richard kommen könnte? Obwohl, der exzentrische Musiker hatte gar nicht so viele Studio LPs im Angebot, schon gar nicht ein Album aus dem Jahr 1978. Er hatte, wenn er wieder einmal unter Vertrag genommen wurde, seine Hits neu eingespielt und somit gab es mitunter vier, fünf oder gar mehr Versionen von *Tutti Frutti*, *Good Golly Miss Molly* oder *Rip it up*, aber wenig Neues. Little Richard selbst war sich auch nicht immer ganz sicher, ob er nun Rockstar oder Prediger war. Dies führte wohl zu Verwirrung seines Publikums und seiner selbst. In den Achtzigern schaffte er aber den Übergang zum Hybriden und es gelang ihm Rock´n`Roll zu spielen wie auch zu predigen. Letztendlich vermählte er Bruce Willis und Demi Moore, Tom Petty mit seiner zweiten Frau und einige weitere prominente Fans, bis er mit 87 abtreten würde. Doch bis dahin war noch genügend Zeit, um seine Hits in mehreren Versionen zu erstehen. Falk hatte sich entschieden. Oder sollte man es besser „sich entscheiden müssen" nennen? Es gibt die Phase im Leben, in welcher man in monetären Belangen recht eingeschränkt agieren muss; später dann, nach entsprechender Ausbildung, mit entsprechendem Job beziehungsweise mit entsprechendem Glück, ist es nicht mehr erforderlich sich einzuschränken oder sich allzu viele Gedanken zu machen, was man sich denn leisten könne. In dieser Phase des Lebens fehlt es einem weniger an Geld als an der Zeit, die Dinge, welche man sich dann leistet, auch dementsprechend zu genießen. Falk entschied sich für ein Album von Johnny Cash, das 1978 erschienen war. Fehlte ihm nur noch das andere Cash-

Album aus diesem Jahr. Der Star aus Arkansas hatte wohl im Akkord gearbeitet. Kein Wunder, dass sich lange Strecken seiner Karriere relativ gleichförmig anhörten. Falk erinnerte sich an einen Mitschüler aus seiner Schulzeit, ein begeisterter Anhänger Jörg Haiders, der sich Jahre später enttäuscht von der FPÖ wieder abgewandt hatte. Bedauerlicherweise zierten bis dahin mehrere Schmisse seine Wangen, und es fehlte ihm ein halbes Ohr, weil mit denen auch nichts zu gewinnen war. Nun, jedenfalls hatte dieser Schulkollege gemeint, als ihm Falk damals mitteilte, dass sich Nirvana für ihn immer gleich anhörten, sie würden doch nur ihrem Stil treu bleiben. Aber im Großen und Ganzen - und das musste man fairerweise auch sagen -: nicht nur Johnny Cash war seinem Stil treu geblieben und hatte Jahr für Jahr das gleiche Album aufgenommen. Man konnte es ihnen aber nicht verübeln; gerade Legenden mussten ihren Status pflegen, da konnte man sich keine Spompanadeln erlauben bis auf modische Torheiten, die einen ohnehin nur wieder auf den rechten Pfad der Tugend zurückbrachten. Falk legte das Album auf das Verkaufspult und erblickte in einem Regal dahinter eine Gene Vincent Komplettbox. Ob er die jemals sein Eigen würde nennen können? Es würde sich im Laufe der Zeit noch herausstellen. 1978 hatte der Sänger ohnehin nichts veröffentlicht, er war sieben Jahre zuvor schon an einer Magenblutung verstorben. Das kurze Glücksgefühl des Einkaufs hielt meistens nicht einmal den gesamten Heimweg über an. Falk inspizierte die erstandenen Objekte seiner Begierde schon in der Straßenbahn. Was sich wohl die anderen Fahrgäste dachten, wenn er die großen schwarzen Scheiben aus den Hüllen nahm und genau inspizierte? Es fiel ihm schon auf, wenn sie ihn beobachteten – wer kaufte denn überhaupt noch Platten? – andererseits konnte er nicht bis daheim warten, er musste sich sofort damit beschäftigen.

3 – Kettenbrückengasse

Falk befand sich auf dem Weg zum Rockhaus. Mick Taylor war in Wien und würde an jenem Abend ebendort auftreten. Ein weiterer Stopp auf einer nicht enden wollenden Reise. Falk war aufgeregt. Wann hatte man schon die Gelegenheit einen echten Stone im kleinen Rahmen zu sehen. Taylors Funktion war aber nicht nur jene des Stones-Gitarristen gewesen, nein, Taylor sollte ihn, genau wie Tom Petty auch, an Dylan heranführen. Natürlich kannte Falk Bob Dylan. In seiner Relevanz kam man an dem Songwriter aus Minnesota nicht vorbei. Falk hatte sich nicht nur Taylors Soloalben zugelegt, was nicht schwer war, gab es derer lediglich drei, sondern hatte auch geforscht, wo er denn seine Gitarrenkünste zum Besten gegeben hatte.

Der Mann hinten im Bus ähnelte seinem ehemaligen Deutschlehrer. Er hatte das gleiche, fast schulterlange Haar, glatt und dunkel, eine hagere Statur, und vom Alter her schien er sich ebenfalls im selben Kontinuum zu bewegen. Er befand sich lediglich am völlig falschen Ort. Und was sollte sein Deutschlehrer hier in der großen Stadt auch zu suchen haben. Mick Taylor? Der vermeintliche Lehrer verließ den Bus und Falk würde ihn wohl nie wieder sehen. Ein kurzes Aufflackern von Vertrautheit gab ihm das Gefühl nicht alleine zu sein. Für einen Moment saß er wieder in seinem Klassenzimmer, las unter dem Tisch und hörte im Allgemeinen nicht, was vorne im Klassenraum versucht wurde zu vermitteln. Im Foyer des Rockhauses hatte der Typ vom Flohmarkt ein paar Kisten mit Stones und artverwandten Tonträgern aufgestellt. Ein großer Teil davon bestand aus Bootlegs. Falk blätterte sich durch die für ihn unbekannten Platten. Aufnahmen diverser Stones - Konzerte, Soloplatten und auch Dylan waren zu finden.

„Ich steh jeden Samstag am Flohmarkt auf der Kettenbrückengasse, da hab ich noch einiges mehr". Ein Glück für Falk hier Anschluss zu finden. Das Geld, das er einstecken hatte, reichte für ein paar Getränke. Hier durch die Weiten des illegalen Plattenhandels zu streifen würde eine besser gefüllte Geldbörse voraussetzen. Und er wollte die Platten nicht ein ganzes Konzert über in der Hand halten. Da brauchte er schon beide Hände frei - für Tschick und Bier.

Nachdem sich die Vorgruppe mit *I just want to make love to you* verabschiedet hatte, kam der Star des Abends mit seiner kleinen Band unverzüglich auf die Bühne und startete wortlos sein Set. Taylor hatte die Eigenschaft jede Note seines Spektrums zu nutzen. Er solierte beim Intro, bei den Strophen, im Refrain und natürlich bei den Instrumentalparts. Hie und da streute er noch ein paar weitere Licks ein, sodass er es schaffte, kein Lied unter zehn Minuten zu spielen; und das betraf die kürzeren der acht Songs, welche er an diesem Abend darbot. Max Middleton, der auf den meisten Alben von Chris Rea die Tasten bediente (nicht auf dem 78er Debut, sondern erst ab dem vierten Album), stand links von Taylor und bemühte sich redlich einen Orgelteppich für Taylors Gitarrenkunst zu verlegen. Natürlich spielte er eine Stones - Nummer und natürlich auch Dylans *Blind Willie McTell*. Dylan hatte Taylor 1983 für sein Album *Infidels* angeheuert. Mark Knopfler, dessen Dire Straits selbst 1978 ihr hervorragendes Debut abgeliefert hatten, produzierte, Sly & Robbie steuerten den Groove bei und Dylan verwirrte alle damit, die besten Songs aus den Sessions erst gar nicht auf dem Album zu veröffentlichen. Wie immer, konnte man in diesem Fall getrost sagen. Falk besorgte sich *Infidels* aufgrund Taylors Mitwirkung. Aber auch Carla Olsen´s Live-Album oder die Black Cat Bone-LP. Die Stones - Alben mit Taylor besaß er ohnehin, wobei *Some Girls*, das 78er Album, schon ohne

Taylor veranstaltet worden war; er hatte 1974 die Stones verlassen und beschlossen anstatt Star zu sein, Musiker zu bleiben. Und man konnte es ihm nicht verübeln, die beiden letzten Jahre waren nicht gerade dem Blues gewidmet gewesen.

Falk zündete sich eine Zigarette an. Er stand mit ein paar anderen an der Busstation und wartete. Er war begeistert einen Stone so aus der Nähe gesehen zu haben. Ihm bedeutete es etwas, im selben Raum verweilen zu dürfen, dieselbe Luft mit einem – konnte man es Idol nennen? – zu atmen. Taylor, die Stones im Allgemeinen, begleiteten Falk seit mehreren Jahren. Tage und Wochen hatte er damit zugebracht ihre Musik zu hören, das Kleingedruckte auf den Innenhüllen der Platten zu entziffern. Bücher über sie zu finden und dann zu lesen. Seine Sammlung wuchs stetig und somit auch die Verbindung zu den Musikern, die natürlich keine Ahnung davon hatten, was in Falks kleinem Zimmer so vor sich ging. Im Endeffekt nichts anderes als in vielen anderen Zimmern, in welchen Teenager Musik hörten.

Am nächsten Samstag machte sich Falk auf den Weg zur Kettenbrückengasse. Der Flohmarkt dort, immer samstags, war eine Wiener Institution. Es wurde angeboten, was der Markt hergab und es gab nichts, was es nicht gab. Sammler klapperten die zahlreichen Stände ab, Postkarten, Briefmarken, Münzen, Bücher, Kleidungsstücke, Gebrauchsgegenstände für Bad, Küche und Wohnzimmer, Fahrräder und all jene Dinge, die von LKWs gefallen waren oder bei Verlassenschaften nicht den Weg in den Restmüll nehmen hatten müssen. Falk schritt die Stände ab, bis er etwa bei der Hälfte sein Ziel ausmachte. Drei andere Interessenten blätterten in den Plattenkisten und Falk stellte sich ungezwungen dazu. Man konnte hier wirklich das Haushaltsgeld für Wochen liegenlassen. Falk wusste nicht, wo er beginnen sollte. Brauchte er von jeder Tour einen Mitschnitt, alle verfügbaren Outtakes zu den Studioalben? Die beiden Boxen vom Voodoo Lounge-Album kosteten zusammen wohlfeile 3000 Schilling. Und da erinnerte er sich an den kleinen Laden in der Reindorfgasse, wo er einmal gewesen war, weil er einen Artikel darüber gelesen hatte. Lange hatte es ihn nicht gegeben, leider. Falk entschied sich für ein 3-LP-Set der *Urban Jungle*-Tour, den *Paradiso* Mitschnitt von 1995, sowie die *Dirty Work*-Outtakes. Damit machte er sich wieder auf den Weg nach Hause. Endlich Live - Versionen von *Mixed Emotions*, *Harlem Shuffle* und sonstigen Songs. Als er daheim die erste Platte auf den Teller legte, die Nadel sanft aufsetzte und gespannt wartete, verspürte er kurz ein Gefühl der völligen Glückseligkeit. So einfach konnte es sein. Als die ersten Töne aus dem Lautsprecher kamen, stutzte Falk. Er hatte sich etwas anderes erwartet. Und es waren nicht die Stones, die ihn enttäuschten, es war die grottenschlechte Tonqualität der Aufnahme. Er war anderes gewohnt. Natürlich hatte er mit einigen Abstrichen gerechnet, was Sound und Mix betraf, aber das hier hatte das Flair eines Volksempfängers. Jemand musste wohl mit einem Tonband um die Ecke des Stadions gestanden sein und so das

Konzert aufgenommen haben. Falk war enttäuscht. Gut, dass er mitbekommen hatte, dass am morgigen Sonntag, im Star Club am Schuhmeierplatz eine kleine Plattenbörse stattfinden würde, wo auch dieser Händler seine Waren feilbieten würde.

4 – Alte Liebe rostet nicht

Es gibt die beiden Sprüche, die dasselbe Thema mit gegensätzlichem Ausgang bearbeiten: „Aufwärmen tut ma nur a Gulasch" und „Alte Liebe rostet nicht". In diesem Fall hatten wohl beide ihre Berechtigung. Falk hatte seiner Familie einen kurzen Besuch abgestattet, sich bekochen und sich über Neuigkeiten informieren lassen, aber selbst keine preisgegeben. Er war nicht der Gesprächigste und wenn, dann erzählte er über Dinge und Themen, die ihn interessierten, und selten darüber, was sein Gegenüber hören wollte. So auch an diesem Nachmittag. Seine Mutter lauschte ihm aufmerksam, das hatte sie immer schon getan; selbst wenn er mitten in der Nacht heimgekommen war und sie schon geschlafen hatte, konnte er sie wecken und ihr, was auch immer er wollte, erzählen. Geduldig hörte sie ihm zu.

Etwas später an diesem Nachmittag machte er sich zu Roland auf, er hatte ihn schon längere Zeit nicht mehr gesehen – gut, sie telefonierten hie und da, das wars aber schon –, somit stand also ein persönlicher Besuch wieder einmal an. Und ob es insgeheim eine Hoffnung von Falk, ob es ein Zufall, eine sogenannte Fügung gewesen war? - jedenfalls war auch sie da. Auf der Heimfahrt von der Sportwoche war es damals geschehen. Er konnte sich nicht mehr daran erinnern, wie sie in den Zug eingestiegen waren; dass sie bei der Ankunft das Abteil aber als Paar verlassen hatten, war ihm noch lebhaft in Erinnerung. Die Zeit, ein paar Wochen hin bis zu den Sommerferien, dann Schulbeginn im Herbst mit einer unreifen Entscheidung seiner selbst. Er beendete das Erlebnis spontan und ohne viel zu überlegen, er tat das, wie er dachte, cool mit einem Songzitat *It´s all over now Baby Blue*. Ende der Durchsage. Nicht, dass es ihn danach beschäftigte und er die Entscheidung bereute, er lebte einfach dahin wie zuvor, startete das nächste Schuljahr und ließ das Erlebte hinter sich. Als er aber in die große Stadt zog, da dachte er hie und da an sie und fragte sich, was aus ihnen geworden wäre. Und jetzt war sie da. Natürlich konnte er nicht mit der Tür ins Haus fallen und ihr sagen, dass er des Öfteren, wenn er alleine in seiner kleinen Wohnung saß und seine Platten spielte, auch an sie dachte. Dass er wusste, dass sie zumindest eine weitere gemeinsame Chance verdient hatten; all das behielt er vorerst einmal für sich.

Der Abend mündete in einer vorhersehbaren Nacht, und als Falk am nächsten Morgen seine Augen öffnete, lag sie neben ihm. Als er wieder in der großen Stadt zurück und aus dem Zug gestiegen war, sich auf den Weg zur Straßenbahn gemacht hatte, bemerkte er, dass die Schwere, die durch ihre Abwesenheit entstanden war, noch erdrückender war als die Einsamkeit, mit der er sonst umzugehen hatte. Er rief sie natürlich sofort an, wollte ihre Stimme hören, doch wenn er sich selbst gegenüber ehrlich war, musste er sich eingestehen, dass er sie anrief, um sich zu vergewissern, dass sie tatsächlich existierte und er nicht geträumt hatte. Die Gespräche, die sie führten, hatten keinen speziellen Inhalt, es waren die üblichen Sätze, welche man in solchen Situationen aussprach; dass sie ihm fehle, meinte Falk, dass er sie liebe und so weiter. Von ihr kam da weniger. Und das mit der Liebe war an sich schon ein Thema, das man ja wohl nicht so leicht greifen konnte. Falk war da immer recht schnell gewesen. Er hatte sich entschieden und verhielt sich auch in den meisten Fällen danach. Natürlich nicht, wenn er am nächsten Morgen aufwachte und bemerkte, dass er sich verschlafen hatte, dann konnte er zumindest den Mut aufbringen und sich nicht mehr melden. Diese Gefühle, die in Falk aufgelodert waren, die ihm Vertrautes wieder näher brachten, die ihm erzählten, dass er nun, auch weil das Schicksal es gewollt hatte, wieder mit seiner großen Liebe zusammengekommen war, führten ihn letztendlich in die Irre. Natürlich mochte er sie, ganz klar war er in sie verliebt und sie verstanden sich ja auf Anhieb wieder bestens, wie sie es ja schon einmal getan hatten. Aber die große Liebe war sie nicht, schon gar nicht die Liebe seines Lebens. Aus Mangel eines Vergleichs konnte man Falk keinen Vorwurf machen, und waren sie beide auch nicht viel zu jung, um dieses Urteil fällen zu können?

Am nächsten Tag schien die Sonne und Falk schwang sich auf sein Fahrrad. Er würde heute, falls es erforderlich war, länger arbeiten als vereinbart. Er brauchte etwas Ablenkung. Wenn er wieder nur daheim saß und an sie dachte, würde ihm früher oder später die Decke auf den Kopf fallen; da war eine durchdachte Prophylaxe erforderlich. Die ersten Fahrten fielen ihm leicht, sein Radius umfasste lediglich drei Bezirke, somit hatte er schnell einiges hinter sich gebracht und fühlte sich motivierter, als es seine derzeitige Situation vermuten ließ. Warum auch nicht, er konnte seinen Elan nutzen und etwas dazuverdienen, Geld war ohnehin die Motivation für diesen Job. Er hatte relativ wenig Verantwortung zu tragen und konnte im Großen und Ganzen arbeiten wann er wollte. Derzeit waren es zwei Tage in der Woche und der Vorteil an diesem Job war, er kam herum. Er lernte auch die kleinste Nebengasse kennen und kannte sich bald besser aus, als die hier schon lange Lebenden. Jede Stunde auf dem Rad ließ seine Plattensammlung wachsen und er hatte meist im Vorhinein schon verplant, was er mit seinem Geld anfangen würde.

Kurz nach eins machte Falk Pause. Er lehnte sein Rad an den Zaun des Gastgartens in der Reindorfgasse und setzte sich an einen der Tische. Er wusste, wo er war. Im Quell sah er es als seine Pflicht ein kleines Gulasch und ein großes Bier zu bestellen. Er hatte ohnehin keinen Führerschein, es machte ihm also nichts aus, wenn er mit etwas Schlagseite mit dem Rad unterwegs sein würde. Während er auf seine Mahlzeit wartete, zündete er sich eine Zigarette an und sah den sich vorbei bewegenden Passanten zu. Woher sie kamen, wohin sie gingen, Falk interessierte es immer, welche Geschichten sich hinter den Türen seiner Kundschaft versteckten, welche Erlebnisse welche Linien in die dazugehörigen Gesichter gezeichnet hatten. Im Endeffekt ging es immer um die Menschen und ihre Geschichten, ihre Träume und ihr Streben, ihr Scheitern und ihr Weiterkommen. Er würde sich noch klar darüber werden müssen, wohin er einmal wollte. Was sein Ziel war. Oder war er längst dort angekommen, wohin er immer schon gewollt hatte? Einen Nebenjob als Hauptberuf und das Plattensammeln als Lebensaufgabe. Wohin würde ihn das bringen? Jedenfalls brachte der Kellner gerade seine Bestellung und Falk wieder zurück in die Realität. Er drückte die Zigarette aus und nahm einen kräftigen Schluck Bier. Er hatte die Angewohnheit, wenn es ihm möglich war, nach dem letzten Zug noch einen Schluck nachzutrinken. Damit neutralisierte er den Rauchgeschmack in seiner

Mundhöhle. Das Getränk hatte also genau dieselbe Aufgabe wie der Ingwer beim Sushi. Falk riss die Semmel, die er sich aus dem Gebäckkorb genommen hatte, entzwei und tauchte die eine Hälfte in den gut gefüllten Teller. Dann biss er ab und kaute.

5 – Schallplatten Carola

Die Dame hinter der Budl rauchte, als Falk das Geschäft betrat. Er war schon öfters vorbeigekommen, hatte die Auslage inspiziert und das Angebot sondiert. Etwas versetzt lud das Portal zum Verweilen davor und zum Gustieren des Angebots ein. Falk hatte sofort bemerkt, dass die Auswahl an Schallplatten hier nicht nur aus gebrauchten LPs, sondern auch aus aktuellen Alben bestand. Eine Seltenheit, dachte er bei sich. Natürlich gab es beim Virgin Megastore auf der Mariahilfer Straße hie und da ein neues Album auch als LP, eine Handvoll Exemplare wurden dort dann feilgeboten, aber ansonsten fand der Normalverbraucher so gut wie nie aktuelle Musik auf Platte. Hier in der Brunnengasse, im sechzehnten Bezirk, schien das anders zu sein.

Falk sagte kurz Hallo und widmete sich dann umgehend den Reihen mit Platten. Er blätterte sich durch die üblichen Teile, Klassiker aus den letzten Jahrzehnten, das Standardsortiment, das man in jedem gut sortierten Plattenladen finden konnte. Immer wieder steckten zwischen den regulären Alben auch Bootlegs. Normalerweise fand man diese eher selten in Geschäften. Er erinnerte sich kurz an das eine Mal, als er - als nicht einmal Zehnjähriger - mit dem Geld, das er bekommen hatte, sich eine halblegale Platte von Jerry Lee Lewis gekauft hatte und sie dann wieder umtauschen wollte, aufgrund der schlechten Qualität einiger Tracks. Es war ein Album aus Italien und dort nahm man es mit dem Urheberrecht nicht ganz so genau. Solche Platten landeten dann oftmals als günstige Varianten um unter hundert Schilling in diversen Aufstellern, die einem den Weg versperrten. Aber jetzt war Falk auf der Suche nach dem großen D. - Dylan. Hier hatte er sogar eine eigene Abteilung und die war prall gefüllt. Wenn Dylan in den letzten 35 Jahren ebenso viele Alben veröffentlicht hatte, befanden sich hier mindestens mehr als die Hälfte davon. Falk blätterte sich durch den Katalog des Künstlers, nahm immer wieder eine Platte aus dem Stoß heraus und legte sie neben sich ab. Der Stapel wuchs an, bis Falk die Platten einer zweiten Auswahlrunde unterzog und eine letzte Entscheidung bezüglich eines Kaufes traf. Er rechnete im Kopf, was ihn dieser Stapel kosten würde und warf zur Sicherheit einen Blick in seine Geldbörse. Er würde das Geschäft mit sechzehn Platten von Dylan verlassen. *Street*

Legal, 1978 erschienen, erfüllte sogar zwei Kriterien. Es bereicherte nicht nur Falks Dylan-Sammlung, sondern war auch ein weiteres Album für seine 78er-Sammlung. Wie üblich inspizierte Falk die erstandenen Tonträger auf seiner Heimfahrt in der Straßenbahn. Zuerst blätterte er sie durch, um ein Gefühl für die Menge zu bekommen, dann nahm er sie alle einzeln aus dem Carola - Sackerl und sah sich Innencover und die Schallplatte selbst an. Im Laufe der Jahre waren die Innenhüllen bedruckt worden, Mitte der siebziger Jahre kamen Textblätter hinzu, bis irgendwann Texte auf den Innenhüllen Standard wurden. Warum auch nicht, es hatte schon einen Vorteil, wenn man mitlesen konnte, was hier gerade gesungen wurde. Obwohl - Dylan hatte schon frühzeitig seine gesammelten Texte als Buch veröffentlicht. Anscheinend hatte er schon damals erkannt, dass es Sinn machen könnte, wenn er zumindest textlich verstanden würde. *Slow Train Coming* legte er daheim als erste auf den Plattenteller. Dylan war neugeboren worden und hatte das Bedürfnis, es auch seiner versammelten Anhängerschaft kundzutun. Musikalisch war das keine schlechte Idee gewesen, hatte er dieses Album ja auch sehr kommerziell produzieren lassen. Textlich entzweite er seine Fans wohl ein wenig, was man ihm aber mittlerweile längst verziehen hatte; oder war es einfach nur vergessen worden und Dylans andauernde Veränderung ohnehin eine große Konstante dieses Mannes?

Sie hatte sich dazu entschieden Publizistik zu studieren und war nach Wien gezogen. Ihr handwerklich begabter Vater hatte ihr ein Zimmer in einer WG zurechtgezimmert, zumindest die passenden Möbelstücke, und war dann wieder nach Hause gefahren. Falk hatte es gar nicht erwarten können, als er diese Neuigkeit vernommen hatte. Er wartete sehnlichst auf einen Anruf, auf ein Zeichen, dass er sie besuchen würde können. Doch es kam nichts. Bis er es selbst in die Hand nahm und die Nummer, die er aus dem Telefonbuch herausgesucht hatte, wählte. Eine Mitbewohnerin, jene, auf die das Telefon angemeldet war, nahm ab und reichte auch den Hörer weiter. Natürlich würde er kommen können, es sprach nichts dagegen. Und als er sich dann auf den Weg machte, quer durch die große Stadt, erst mit der Straßenbahn, dann mit der U-Bahn, konnte er es kaum erwarten, dass sie ihm die Tür öffnete. Und dann war er bei ihr. Sie stand vor ihm, T-Shirt, kurze Hose, offenes Haar. Sie zeigte ihm, wer in welchem Zimmer wohnte, die Küche, das Bad, all die unverrückbaren Informationen, die man benötigte, wenn man seine Wohnung mit anderen teilte. Sie waren eigentlich zu dritt. Drei Zimmer, drei Mädchen. Doch heute, zum Einstand, waren sie beide alleine. Nur Falk und sie. Falk blieb über Nacht und am nächsten Morgen, als sie beide am Frühstückstisch saßen, verspürte er eine gewisse Wehmut, weil er wusste, dass er gehen würde müssen und jeder Abschied, so unbegründet diese These auch war, konnte ein potentiell letzter sein. Falk wusste da noch nicht, dass er sich diesbezüglich vorerst keine Gedanken machen müsste, er würde noch ein ganzes Jahr hier ein und ausgehen. Als er die Wohnung verließ, nutzte er den Vormittag, um sich ein wenig in der Gegend umzusehen. In derselben Gasse gab es an der Ecke ein kleines Souterrainlokal, welches über Stufen zu erreichen war. In der näheren Umgebung befanden sich hauptsächlich Mietshäuser, ein Supermarkt und eine Pizzeria. Das Geschehen selbst begann zwei Ecken weiter. Von dort aus aber, war man nicht weit vom Stadtzentrum entfernt; was für späte Heimwege durchaus als Vorteil zu verbuchen war. An der Ecke vor der U-Bahnstation verteilten irgendwelche Typen Werbematerial. Die Frequenzen waren für Privatradios geöffnet worden und bis zum Stichtag sollten so viele potentielle Hörer wie möglich darüber informiert sein. Falk hielt von Radio an sich nichts. Es kam ihm immer schon eigenartig vor, sich Musik aufdrängen zu lassen. Das Radio spielte, was es wollte, aber wollte Falk das? Auch waren ihm Menschen suspekt, die pausenlos irgendein Gedudel im Hintergrund laufen haben mussten. War es die Angst vor der Stille, die Angst auf Gedanken zu kommen, sich mit sich selbst beschäftigen zu müssen? Grundsätzlich also hielt er Abstand, machte einen weiten Bogen um das Radio. Um das Radio als Nebengeräusch, als Ablenkung. Natürlich gab es einzelne Sendungen, welche er sich, meist nur durch Zufall, anhörte. Aber das waren die Ausnahmen und dabei sollte es auch bleiben. Falk warf das Blatt, das man ihm in die Hand gedrückt hatte, in den nächsten öffentlichen Mistkübel und überquerte die Fahrbahn auf dem Zebrastreifen. Vor der U-Bahnstation waren die üblichen Verdächtigen anzutreffen. Jeden Samstag fand hier ein Flohmarkt statt. Auch Falk war schon einmal hier gewesen.

6 – Vorletzter Platz

Die Halle E der Wiener Stadthalle war bis zum Platzen mit Ausstellern gefüllt. Die Tischreihen zogen sich von einem Ende bis zum anderen, dahinter standen in den meisten Fällen Männer mittleren Alters, denen man ansah, dass sie sich auf ein bestimmtes Gebiet spezialisiert und ihr Leben auch danach ausgerichtet hatten. Falk überlegte kurz, wo die dazugehörigen Partnerinnen waren. Ob sie daheim an diesem Samstagvormittag gerade Staub saugten oder beim Einkauf waren. Wer wusste das schon? Der Typ vom Beatles - Stand war eine Ausnahme. Er hatte seine Angetraute neben sich stehen. Sie waren offensichtlich beide der Britischen Band verfallen. In den Kisten vor ihnen waren wohl alle Platten der Band inklusive diverser Soloausflüge und Artverwandtes zu finden. Falk blätterte interessehalber die Kisten durch. Er besaß die regulären Alben und das meiste der Solosachen. Somit auch das Album *Bad Boy* von Ringo und McCartneys *London Town*, beide aus Falks Geburtsjahr. Ebenso war damals *Wings Greatest* erschienen. Die anderen Bands der British Invasion waren in jenem Jahr auch nicht untätig gewesen, hatten die Kinks ihr *Misfits* und die Who ihr *Who are you* veröffentlicht. Nachdem die Faces sich 75 endgültig aufgelöst hatten, wollten Ronnie Lane und Steve Marriott die Vorgängerband wieder reaktivieren. Mit *78 in the shade* waren die Small Faces dann beim zweiten und letzten ihrer beiden erfolglosen Comeback - Alben angekommen und lösten sich kurz darauf auf. Somit konnte Kenny Jones im darauffolgenden Jahr bei den Who für ein paar wenige Jahre den Schlagzeuger mimen, nachdem Keith Moon das Zeitliche gesegnet hatte. Mit 32 Jahren war er in Harry Nilssons Wohnung verstorben. Mama Cass hatte vier Jahre davor das gleiche Alter gehabt, als sie in Harry Nilssons Wohnung einem Herzinfarkt erlegen war. Nilsson hatte übrigens 1978 kein Album veröffentlicht. Die Stones mit Ex-Faces Gitarristen Ronnie Wood aber eines ihrer erfolgreichsten: *Some Girls.* Der ehemalige Sänger der Faces, Rod Stewart, schwamm auf der Discowelle mit und schoss mit *Blondes have more fun* weit über das Ziel hinaus.

Falk tat das auch des Öfteren. Vor allem an einem Tag wie heute, wo er genau wusste, dass er ein weiteres Mal zum Bankomaten gehen würde, um den möglichen Rest seines

Kontos auch noch zu beheben. Er konnte es sich nicht leisten, Platten hier zurückzulassen, von denen er sich nicht sicher sein konnte, ob er sie jemals wieder finden würde. Somit war es von Vorteil, wenn solche Veranstaltungen eher zum Ende eines Monats stattfanden. Falk war dann nur noch in der Lage Geld auszugeben, das ihm nicht mehr allzu sehr fehlen würde. Falk war geübt. Er sah mit kurzem und scharfem Blick, ob es sich lohnte, die Platte aus dem Stoß herauszufischen, oder ob er weiterblättern konnte. Hatte es ein Exemplar geschafft von Falk genauer unter die Lupe genommen zu werden, dann begutachtete Falk den Zustand, nahm die Scheibe aus der Innenhülle und versicherte sich, dass die Gebrauchsspuren des Vorbesitzers nicht allzu große Auswirkungen haben würden. Die meisten Platten, die Falk auf seiner Wantlist hatte, gab es nur noch in gebrauchter Form auf dem Markt. Die große Welle der Wiederveröffentlichungen würde erst in ein paar Jahren inflationär losbrechen. Jetzt musste man sich mit dem begnügen, was vorhanden war und in den vielen Kisten in der Halle E gehandelt wurde. Falk schritt die Reihe weiter und kam zu dem französischen Springsteen-Händler. Es gab einige wenige Verkäufer, die sich wirklich nur auf einen Interpreten samt Umfeld spezialisiert hatten. Mit ihrem Bestand tingelten sie durch Europa und befriedigten - in diesem Fall - die Fans des Boss aus New Jersey. *Darkness on the edge of town* war 78 erschienen, stand aber schon längst in Falks Plattenregal. Mittlerweile war er nur noch auf der Suche nach Singles, der B-Seiten wegen. Die beiden Versionen von *Fire* mit der Live-Version von *For you* respektive *Incident on 57th street* standen oben auf seiner Liste. Ob er die 73er Single mit *Circus song* jemals finden würde, bezweifelte er seit Jahren. Er hatte davon in einer Biographie gelesen, gesehen hatte er das Ding aber noch nie. Jahre später sollte er sie um keine 5 Euro bekommen, gut Ding braucht eben Weile.

Falk verließ die Stadthalle am frühen Nachmittag mit zwei voll bepackten Plastiksackerl und machte sich auf den Weg zur Straßenbahnlinie 6. Als er den Vogelweidpark querte traf er auf Gregor, der gerade selbst auf dem Weg in die Stadthalle war. Gregor war einer der wenigen Fixbestandteile seines kleinen Freundeskreises. Sie sahen sich, aber sie sahen sich selten. Nachdem Falk während der Heimfahrt wie üblich seine neuen Errungenschaften inspiziert hatte, setzte er sich daheim nochmal in Ruhe hin, legte das erste Album auf und begann wieder Cover, Innenhülle und alles Mögliche genauer unter die Lupe zu nehmen. Das erste Album, das er abspielte, war die *Beschwichtigungsshow* der Schmetterlinge. Er hatte die Band kennengelernt, weil eines seiner derzeitigen Idole dort damals das Schlagwerk bedient und gesungen hatte. Hauptsächlich politische Lieder hatten sie im Programm gehabt und waren sogar einmal zum Song-Contest gefahren. Vorletzter Platz. Jetzt dröhnte ein Beach Boys-Medley aus den Lautsprechern und Falk dachte kurz be sich, dass ihm das nun doch etwas zu platt war. Er ging zum Telefon und wählte ihre Nummer. Es läutete kurz und ihr Vater hob ab. Ja, er würde sie gleich holen, sie sei in ihrem

Zimmer. Kurz darauf vernahm er ihre Stimme und sagte umgehend: Hör mal zu! *Barbara Ann* drang an ihr Ohr und er fragte: Na, wer glaubst du, ist das? Sie antwortete wahrheitsgetreu, dass es wohl die Beach Boys seien. Freudig teilte Falk ihr mit, dass es sich um die Schmetterlinge handelte und bemerkte dabei, wie blödsinnig seine Frage gewesen war. Er lenkte das Thema auf das Übliche, wann sie wieder in die große Stadt kommen würde, sie sagte ihm, dass er das ja ohnehin wüsste, für eine Woche war sie heimgefahren, dann würde sie wieder kommen. Geduldig teilte sie es ihm mit. Und geduldig hörte sie ihm zu, als er ihr von seinem Besuch der Plattenbörse erzählte, begeistert schilderte, was er alles gesehen und was er erstanden hatte. Was sie ihm erzählte, hörte er sich gelangweilt an, lenkte das Thema wieder auf seine Platten und beendete das Gespräch damit, dass er sie vermisse. Dann setzte er sich wieder an den Plattenspieler, um das Album der Schmetterlinge vom Teller zu nehmen und etwas anderes aufzulegen. Er hatte heute das erste Album der Ersten Allgemeinen Verunsicherung gesehen. Zum ersten Mal in seinem Leben. Tausend Schilling hatte der Händler dafür haben wollen. Selbst wenn Falk gewollt hätte, soviel gab sein Budget für eine Platte nicht her. Noch dazu wusste er gar nicht, wie sie sich anhören würde. Was er aber erstanden hatte, aus einer Kiste, in welcher jedes Album nur 30 Schilling gekostet hatte, waren einige Platten von Roger Daltrey, *Hotel California* von den Eagles – für die Sammlung, wie er sagte – und ein paar weitere Scheiben, die man, wenn es finanziell nicht weh tat, einfach so mitnahm. Daltreys Debut von 73, im Klappcover, startete schon mal vielversprechend. *One man band*, was konnte da noch schiefgehen.

7 – Nudelsalat

Der Saturn im Gerngross beanspruchte die gesamte vierte
Etage für sich. Abgesehen von allen möglichen
Haushaltsgeräten, welche mit Strom betrieben wurden,
einem ganzen Haufen an Unterhaltungselektronik und der
Computerabteilung, gab es eine relativ großzügige Fläche,
die mit CDs und einigen wenigen Schallplatten bestückt
war. Falk verbrachte hier genügend Zeit, um schon auch zu
wissen, wer hier wann Dienst hatte und wer wofür
zuständig war. Einmal hatte er hier sogar diesen Politiker
getroffen, den man nur aus dem Fernsehen kannte,
zumindest als Normalsterblicher. Er war bei einem Stoß
Abba-CDs gestanden. Abba waren zwar Schweden, somit
also Ausländer, durften anscheinend aber in das Bild jenes
Mannes passen, der ansonsten eher weniger für Zugereiste

übrig hatte. Wahrscheinlich hatte es daran gelegen, dass es Abba einerseits nicht mehr gab und andererseits waren sie ohnehin daheim geblieben und hatten lediglich ihre Musik exportiert. Falk war an Abba nicht übermäßig interessiert. Er war dabei, seine Sammlung an Tom Petty CDs zu vervollständigen. Hier fand man die meisten seiner Alben, noch dazu als günstige Mid-Price-CDs. Grundsätzlich wären ihm ja die Platten lieber gewesen, doch woher sollte er sie bekommen? Falk war nicht unbedingt mit allzu umfassender Geduld gesegnet. Die CDs waren da, die LPs würde er suchen müssen, somit entschied er sich für die einfache und naheliegende Lösung, sich die kleinen Silberlinge zuzulegen. Jesus war für dreißig dieser Silberlinge verraten worden, dachte Falk bei sich und hatte grundsätzlich Recht. Wenn man aber ganz genau sein wollte, dann waren es damals wohl keine CDs gewesen. Tom Petty hatte sein zweites Album 1978 veröffentlicht. Eine Handvoll Hits waren inkludiert gewesen und 1979 legte er ein weiteres, wohl sein bestes, aus dieser Ära vor. Der Stern von Petty war am Steigen, jener Ringo Starrs am Sinken beziehungsweise am Nullmeridian unterwegs. Falk sah sich trotzdem um, ob er hier einige bestimmte CDs des Schlagzeugers finden würde. Album zwei, drei und vier gab es auf CD mit Bonustracks. Da war es egal, ob Falk daheim die LPs stehen hatte. So konnte man ihm das Geld aus der Tasche ziehen und das wusste er auch. Und die Frage, ob er dann wohl auch die anderen Alben des Ex-Beatles auf Compact Disc sammeln würde müssen, die wollte er sich nicht stellen oder gar beantworten. Falk war sich über seine

Situation im Klaren: er war ein Sammler und das bedingte mitunter - vor allem für seine Mitmenschen -, dass nicht alles, was Falk tat, nachvollziehbar und logisch war. Eher vielleicht noch logisch, sinnvoll für die wenigsten. Falk bezahlte an der Kassa und steuerte auf die Rolltreppe zu, die ihn in das Kellergeschoss und somit zur U-Bahn bringen würde. Er hatte den Kassenbon in das Plastiksackerl gelegt, damit er ihn später, in eine der CD-Boxen geben konnte. Er machte das schon seit Jahren, genauso wie bei Büchern. Da diente der Kassenzettel zusätzlich auch noch als Lesezeichen. Was er später aber, aufgrund genau dieser Eigenheit, die Rechnung aufzuheben, an Erinnerungen haben würde, war ihm noch gar nicht bewusst. Er wäre verblüfft, wenn er wüsste, dass er sich in vielen Fällen noch an die Situationen erinnern würde, in welchen er bestimmte Platten, Bücher und sonstiges gekauft hatte. Und nicht nur, dass er einen Überblick über den Preis haben würde, nein, selbst an das Wetter würde er zurückdenken können, wie es ihm gegangen und mit welchem Mädchen er damals zusammen gewesen war.

Sie waren beide zur Geburtstagsfeier eingeladen. Einer seiner Kollegen, wenn man ihn so nennen konnte, feierte im Schrebergarten seiner Eltern, seiner Tante oder sonst irgendeinem nahen Familienmitglied. Sie trafen am frühen Abend ein, Falk hatte eine CD irgendeiner unwichtigen Band mitgebracht, einer Band, die seinem Kollegen und ihm damals selbst auch noch zusagte. Es musste eine spezielle Auflage gewesen sein, sonst würde sie ja nicht als

Geburtstagsgeschenk dienen. Der Abend hatte vielversprechend begonnen, Falk trank, wie er es um diese Zeit auch gerne tat, sie saß daneben und unterhielt sich mit irgendjemand, den Falk nicht kannte. Die Schüssel mit Nudelsalat, ein angesagtes Partygericht der Zeit, einfach und schnell zuzubereiten, sättigte; und wenn, wie in diesem Fall, auch noch jede Menge an Mayonnaise als Schmiermittel zur Rezeptur gehörte, dann brachte man das Zeug auch hinunter. Der fette Salat hatte aber auch noch - als positiver Nebeneffekt nicht zu verachten - die Eigenschaft, dass er eine gute Trinkunterlage abgab. Somit hatte man etwas im Magen und der Alkohol es nicht allzu leicht. Falk glich diesen Vorteil einfach mit einer größeren Menge an Alkohol wieder aus und somit half es ihm nicht wirklich, länger durchzuhalten. Um zehn Uhr abends war er schon so betrunken, dass der Nudelsalat als Wurfgeschoß herhalten musste. Nicht, dass Falk die gesamte Schüssel durch die Gegend warf, er hatte ja keine Aggressionen oder war in einen Konflikt geraten, nein, er warf Nudel für Nudel auf die Anwesenden. Die meisten reagierten gar nicht, die Situation hielt sich noch in einem vertretbaren Rahmen. Jemand war besoffen und warf mit Nudeln, was solls. Aber als er dann seine Freundin bewarf und das für lustig befand, war die Stimmung doch etwas getrübt. Sie meinte dann, dass es wohl an der Zeit wäre aufzubrechen. Falk widersprach ihr nicht und die beiden machten sich auf den Heimweg. Es war eine laue Frühlingsnacht im Juni, Falk setzte einen Fuß vor den anderen, ging seinem Zustand entsprechende Schlangenlinien und war laut. Nicht, dass er schrie oder gar herumschimpfte. Er war lauter als sonst, immer wieder begann er zu singen, umarmte Bäume und ließ sich auf Motorhauben von parkenden Autos fallen. Zu seinem Glück tat er das nur bei Wagen ohne Alarmanlage. Am Ende der Gasse beschloss sie, dass sie nun doch ein Taxi rufen würde. Quer durch die Stadt wollte sie sich mit ihm in diesem Zustand nicht bewegen. Er war kein Säufer und er war kein unguter Geselle, aber es gab Konstellationen, so wie heute, wo er im Beisein anderer und mit zu viel Alkohol im Blut, eine Seite seiner Persönlichkeit hervorkehrte, mit der sie nichts zu tun haben wollte. Und es lag nicht alleine am Alkohol. Sie erinnerte sich an eine Nacht, da waren sie auch gemeinsam unterwegs gewesen, zwischen ein und zwei Uhr morgens nach einem Konzert, das sie beide besucht hatten. Sie waren dort noch länger geblieben, waren mit der Band abgehangen und hatten sich dann, nachdem alle schon ihre sieben Sachen zusammengepackt hatten, zu Fuß auf den Heimweg gemacht. Falk war an diesem Abend auch betrunken gewesen, hatte sich aber vollkommen anders benommen als heute. Sie hatten viel geredet und als sie dann zu dieser Brücke über die Donau kamen und dort dieser Einkaufswagen stand, musste sie sich hineinsetzen und er schob sie über die gesamte Länge der Brücke. Es ging also auch anders und da sie das wusste, war sie wahrscheinlich auch noch immer bei ihm oder eben er bei ihr. So wie jetzt, als er neben ihr im Bett lag und seinen Rausch ausschlief.

8 – Libro

Als der Libro endlich auch in der kleinen Stadt am Lande eröffnet hatte, begann Falk umgehend damit, nach der Schule extra einen Umweg zu machen, um dort seinen Nachmittag zu beginnen. Auch wenn er meist kein Geld bei sich hatte, verbrachte er oft Stunden beim Durchblättern der CD-Regale. Platten gab es dort keine mehr. Das Sortiment an Tonträgern entsprach einem Querschnitt durch die klassischen Jahre der Popmusik, Songs, die im Grunde jeder kannte und zumindest mitsummen konnte, der aktuellen Hitparade, die jeden Sonntag auf Ö3 lief, sowie ein paar Neuerscheinungen, von denen man noch nicht wusste, ob sie jemals irgendwelche Charts erklimmen würden. Auf der rechten Seite gab es noch eine kleine Auswahl an deutschsprachigen Interpreten, damit war die

Sache erledigt. Ergänzend und als Ablage diente in der Mitte eine große Wühlkiste, in der die Abverkaufsware landete. Falk blätterte auch hier mehrmals hin und her und kaufte manches Mal die eine oder andere CD-Single nur aufgrund des Covers. So fand er dort zum Beispiel die erste Single des amerikanischen Songwriters Todd Snider. Zufällig und im Abverkauf. Mittlerweile nannte er jeden Tonträger des Musikers sein Eigen.

Falk konnte sich an einen Libro-Besuch erinnern, damals in der großen Stadt, als im Plattenständer die neuesten Alben von Tom Petty, den Travelling Wilburys, Deep Purple und Queen ausgestellt und angepriesen wurden. Daneben das Regal mit den Musikvideos - er hatte sich damals die Videobiographie von Jerry Lee Lewis gekauft, alles auf Englisch, aber ihm ging es damals ohnehin nur um die Musikausschnitte-, wieso es hier mehrere Beatles-VHS gab, war ihm zwar ein Rätsel, andererseits nahm er sie gerne in die Hand, las sich die Inhaltsangabe oder die Tracklist durch und dachte bei sich, dass er diese Videos wohl irgendwann selbst besitzen würde.

Es hatte wohl auch etwas Erbärmliches an sich, dass man, wenn es darum ging, Musik zu erstehen, in eine Papierhandlung gehen musste. Zwischen Kugelschreibern, Zirkeln und Heftumschlägen, wo Mütter mit ihren Kindern die werte Kundschaft darstellten, dort musste man hindurch, bei den Büchern vorbei – Bücher! –, um an die Schallplatten zu kommen. Im Nachhinein verstand Falk dies als ein deutliches Zeichen des Kulturverfalls. Damals, als er es einerseits nicht besser wusste und andererseits in Ermangelung einer Alternative, ja damals, hatte er sich keine Gedanken darüber gemacht, dass solche Ketten den Fachgeschäften den Boden unter den Füßen wegzogen.

Das Flair, welches etwa auf der Kärtnerstraße bei EMI/Columbia herrschte, konnte ein Libro bei Gott nicht vermitteln. Gut, dort gab es auch andere Preise, was Falk aber dennoch nicht davon abhielt, dort genügend Zeit zu verbringen. Er war bei EMI, der Plattenfirma, die die Beatles auf ihrem Comedy-Label Parlophone herausgebracht hatte. Das hatte Stil, da lag Geschichte in der Luft. Zumindest seit 1928, wo vorrangig nur Grammophone verkauft worden waren. Mittlerweile war das CD-Zeitalter angebrochen, die MiniDisc versuchte gerade noch, sich ein letztes Mal aufzubäumen, was sich aber letztendlich als ziemlich zwecklos herausstellen sollte. Genauso zwecklos hatten es die Talking Heads versucht in Falks Gehörgang einzudringen, um dort eine bleibende Erinnerung zu hinterlassen. Die Zwischenkriegsjahre - die Zeit zwischen Punk und 80er Pop - und ihre Bands waren für Falk als Zwanzigjährigen ein braches Land, das er nicht wirklich beackern wollte. De Sound war ihm zu dünn, der Gesang zu stoisch oder zu hektisch, es war einfach Musik, mit der er noch nichts anfangen konnte. Dennoch hatte er *Outlandos d´Amour* von Police neben Ultravox´ *Systems of Romance* stehen, gleich neben *More Songs of Buildings and Food*, dem 78er Album der Talking Heads. Die Nits schlugen in dieselbe Kerbe, schon mit ihrem Debutalbum konnten sie sich neben besagten Bands einreihen ohne weiter aus der Reihe zu tanzen, neben Squeeze, Devo und den Cars stehen. Etwas entfernter, in der Rockabteilung, tummelten sich Bands wie die Tom Robinson Band, die Falk immer wieder an Thin Lizzy erinnerte. Die waren 1978 aber lediglich mit ihrem im Studio aufpolierten Live-Album *Live and dangerous* in Erscheinung getreten. Die Siebziger waren auch die Zeit der Pubrocker gewesen. Elvis Costello ließ sich von Nick Lowe produzieren und Ian Dury, Steve Harley und Frankie Miller lieferten solide Scheiben ab. Auf Stiff tummelten sich Wreckless Eric, The Rumor – die Band von Graham Parker – und Mickey Jupp, dessen Album *Juppanese* heute wohl so nicht mehr möglich wäre. The Clash schafften es, ihr zweites Album *Give em enough rope* zu veröffentlichen, die Sex Pistols hatten sich ein Jahr zuvor mit einem begnügt. Falk nahm Frankie Millers *Double Trouble* vom Plattenteller und legte die TRB auf. Ja, vor allem der erste Song erinnerte ihn umgehend an Phil Lynott von Thin Lizzy; vielleicht auch gerade deswegen, weil hier der Bandleader ebenso Bassist war. Im Laufe von Seite Eins würde sich die TRB aber mehr in Richtung Punk bewegen. Da war eine Energie zu spüren, die rau und unverbraucht war, ursprünglich und direkt. Ein zweites Album sollten sie noch schaffen, bevor sie sich im darauffolgenden Jahr wieder auflösen würden. Während Tom Robinson gegen die Ungerechtigkeiten des Systems ansang, machte sich Falk auf in die kleine Küche. Er holte eine Packung Waldviertler mit Käse aus dem Eisfach und öffnete sie mit einem Messer. Dann stellte er einen Topf mit Wasser auf den E-

Herd, schaltete ein und warf die noch gefrorene Wurst hinein. Danach legte er den Deckel auf den Topf. Er holte einen Teller, drückte Senf – englischen! - und Ketchup darauf und wartete, bis das Wasser langsam zu köcheln begann. Als es richtig in Wallung war, schaltete er den Herd ab und stellte die Eieruhr auf zehn Minuten. Das musste reichen für eine perfekte und gut erhitzte Waldviertler mit Käse.

Nachdem Falk gegessen hatte, stellte er den Teller samt Messer und Gabel in die Abwasch und ging zum Plattenspieler. Tom Robinson ließ sich wieder in der Innenhülle verstauen und Falk blätterte ein wenig durchs Regal. Die Cars waren an der Reihe. Während *Good times roll* aus den Lautsprecherboxen hallte, war Falk ins Badezimmer gegangen und hatte damit begonnen, die Waschmaschine mit Schmutzwäsche zu befüllen. Danach warf er die Kleidungsstücke, welche nicht mehr in der Trommel der Maschine Platz gefunden hatten, wieder zurück in den Wäschekorb. Ordnung musste sein. Und Falk war bedacht darauf, dass alles an seinem Platz war. Alleine schon aus dem Grund, weil er Dinge, wenn er sie brauchte, auch finden wollte. Schon als Kind hatte er seine Bücher geordnet im Regal stehen gehabt. An solch einer Grundordnung als Ausgangslage sollte sich in Falks Leben eigentlich nichts ändern. Aber bei all seinen Interessen war es auch gar nicht anders möglich, als Ordnung zu halten. Die Dinge, an denen Falk arbeitete, die ihn aktuell beschäftigten, nahmen ohnehin genügend Platz ein, aber das war er ja gewohnt.

9 - Teuchtler

Das kleine und bis unter die Decke vollgestopfte Plattengeschäft in der Windmühlgasse war so etwas wie ein heiliger Ort für Falk. Er hatte hier, in Summe, wohl schon mehrere Wochen seines Lebens verbracht. Und hier kannte man sich auch aus. Der Besitzer des Geschäftes, ein Familienbetrieb im wahrsten Sinne des Wortes, war Jazzkenner und Jazzliebhaber. Es gab nichts, was er nicht wusste, dementsprechend gut sortiert und spezialisiert war die Jazzabteilung. Ansonsten gab es meterweise Rock und Pop von A bis Z sortiert. Man musste schon Geduld mitbringen, um sich durchs Alphabet zu blättern. Beatles und Stones hatten eine eigene Abteilung, ebenso Dylan, Elvis und Rock´n´Roll im Gesamten. Die Singles waren in Fächern in Wandregalen verstaut, man musste immer einen ganzen Packen hervorholen und ihn dann behelfsmäßig durchblättern. Falk hatte einen großen Teil seiner Sammlung von hier. Allein wenn er an all die Beatles - Platten dachte, an die Soloalben der vier Liverpooler, dann waren die meisten aus diesen vier Wänden gekommen. Ebenso seine Ambros-Platten. *Wie im Schlaf, Schaffnerlos.* Aber auch andere Austropopper hatten im Jahre 78 den Willen gehabt, ein Album zu veröffentlichen und das auch getan. Georg Danzer, Die Erste Allgemeine Verunsicherung veröffentlichte mit Wilfried als ihrem Sänger ihr erstes erfolgloses Album, Sigi Maron war *laut und leise*, Arik Brauer kümmerte sich um Märchen und Ludwig Hirsch brachte seine allererste Platte heraus. Qualtinger hatte gelesen, Ratzer in New York gespielt und Heller war in Israel gewesen. Ohne Pluhar. Die beschloss, ihr Album *Beziehungen* mit dem Lied *Das kann doch nicht alles gewesen* sein von Wolf Biermann. Der wiederum veröffentlichte *Trotz alledem,* Hannes Wader sang Shanties. Wecker hatte *Eine ganze Menge Leben* vorzuweisen und Mey war *Unterwegs* gewesen. Ebenso wie Udo Jürgens oder auch Peter Maffay. Hermann Van Veen hatte wieder mal Deutsch gesungen, die Nina Hagen Band ihr Debut veröffentlicht und Westernhagen versuchte *Prinz* zu sein, zumindest *mit Pfefferminz*. Lindenberg war ohnehin Lindenberg geblieben - auch 78. Und so hatten einige Platten ihren Weg aus der Windmühlgasse in Falks Regal gefunden.

Als er am nächsten Morgen unter der Dusche stand und das Wasser an Falks Haut hinablief, gingen ihm, wie üblich, tausende Gedanken durch den Kopf. Ein Notizbuch würde hier keine Hilfe sein, jedoch wohin mit all den Impulsen und Ideen, mit all den Worten, die Falk sich merken wollte, weil er genau wusste, dass beim Abtrocknen die Hälfte schon wieder vergessen sein würde. In den ruhigen Momenten - und das war ein solcher -, da war es, als würde eine unsichtbare Schranke aufgehoben, sodass alles fließen konnte, alle Gedanken strömen und Falk mit Inspiration überschwemmt wurde. Dann, wenn er wieder aus der Brause gestiegen war, seine Abläufe wieder aufgenommen hatte, dann hielten sich die Gedanken wieder hübsch still und artig hinter der Sperre auf. Falk hatte heute die Möglichkeit zu frühstücken. Er bereitete sich eine seiner selbst kreierten Spezialitäten zu. Der sogenannte Falk-Toast war eine einfache, aber proteinreiche Mahlzeit, die auch transportabel war. Auf eine Scheibe Toastbrot wurde scharfer Senf gestrichen, darauf kamen dünn geschnitten Emmentalerscheiben. Die wiederum, so war es gedacht, von einem beidseitig gebratenen Spiegelei erwärmt wurden. Auf das Ei kam ein Salatblatt und in letzter Instanz Mayonnaise zwischen dem Grün und der zweiten Scheibe Toast. Wichtig war, das Ganze in eine Serviette einzuschlagen, um zu vermeiden, dass ein etwaiger Dotteraustritt sich seinen Weg zwischen den Toastscheiben auf Falks Kleidung bahnte.

Einen Monat vor Sinatra war Linda McCartney, die Frau des Ex-Beatle, an Krebs verstorben. Auch der Wings-Fun-Club hatte so sein Ende gefunden; Mitgliedsbeiträge wurden refundiert und was sich noch im Lager befand, wurde preisreduziert abgegeben. Falk hatte für sie, nachdem er ihr Interesse an Fotographie bestätigt wusste, ein Fotobuch mit Polaroids bestellt. Streng genommen konnte man es ein-, vielleicht zweimal, durchblättern, ansonsten gab es nicht viel her. Sie hatte sich gefreut, oder zumindest so getan. Die Polaroids waren Momentaufnahmen, genauso wie ihre Beziehung, wenn man diesen Zustand so nennen konnte. Falk verbrachte so viel Zeit wie möglich mit ihr, und das war wohl mehr als ihr lieb war. Aber es war wie mit dem Gehen lernen. Die ersten Schritte brachten einen zu Fall, man war sich nicht sicher, wie es funktionieren würde, wozu es eigentlich gut war, aber man wusste, dass es an der Zeit war, aufrecht zu gehen, so wie alle anderen, die noch so unerreichbar schienen. Und war es nicht so, dass derjenige, mit dem man die ersten Schritte versuchte, selten der gleiche war, mit dem man ins Finish ging? Doch wer war sich dessen beim Start schon bewusst – eine rhetorische Frage, dachte Falk bei sich, der mittlerweile die Pfanne, in der er das Spiegelei beidseitig gebraten, fein säuberlich wieder abgewaschen hatte. Noch kurz aufs Klo und dann wieder ein wenig Fahrradkurier spielen. Es war kein schlechter Job, aber er hatte keine Zukunft. Der Kontakt mit den Menschen machte ihn erträglich, die Bezahlung per se war nicht schlecht, wenn man außer Acht ließ, dass man selbständig und somit auch nur zu einem Teil versichert war. Falk saß mit heruntergelassenen Hosen auf der Toilette und schnappte sich eine Flasche WC-Reiniger. Sorgfältig studierte er das Etikett, stellte die Flasche wieder beiseite und griff nach einer Dose ATA. Derzeit las er anscheinend alles, was ihm in die Hände fiel, selbst auf der Toilette, dem Zentrum universellen Loslassens, konnte er vom Lesen nicht lassen. Er war gerade dabei, sämtliche ihm unbekannte Bücher, die in der Wohnung herumstanden, zu lesen. Er hatte genügend Zeit dazu, vor allem bei den Fahrten zu ihr. Wobei, da war er in Gedanken meist schon woanders und blätterte Seite für Seite um, um danach keinerlei Erinnerung an das Gelesene zu haben. Und dann, wenn er bei ihr angekommen war, saßen sie auf ihrem Bett, redeten viel, er schilderte ihr, wie er sich die Welt vorstellte, sie erzählte ihm, was sie einmal mit ihrem Studium anfangen wollte und er spürte in sich die Angst aufkommen, dass, wenn sie nach Frankreich gehen, er wohl alleine hier zurück bleiben würde. Dann einigte man sich stillschweigend, das Thema zu wechseln, um jeglichem Konflikt aus dem Wege zu gehen. In diesem Alter konnte man es Falk ohnehin nicht recht machen. Meistens wusste er zwar konkret und klar, was er wollte, vermittelte es aber erst im Nachhinein, wenn es schon anders gekommen war. Als würde er nur darauf warten, dass er sich selbst bedauern konnte. Er wusste nicht so recht, ob er diese Wesenszüge von seinem Vater hatte, oder ob er nur auf dessen Verhalten aufbaute, um seine eigenen Eigenheiten kreieren zu können. Falk betätigte die Spülung und verließ die Toilette. Er zog sich seine Schuhe an, schnappte sich den Wohnungsschlüssel und warf die Tür hinter sich zu.

10 – Love is in the Air

John Paul Young sang von der Liebe, die irgendwo *in the air* sein sollte. Wenn man bedachte, dass sein Disco-Schlager aus derselben Schmiede stammte wie die Platten von AC/DC, dann konnte man möglicherweise verstehen, dass die Liebe wohl auch eine etwas härtere Gangart einlegen konnte. Falk war etwas verwirrt, fast so, als hätte er den ganzen Tag Frank Zappas *Studio Tan* LP gehört. Kam es ihm nur so vor, als würde sie - immer dann, wenn sie gemeinsam mit Freunden unterwegs waren, immer dann, wenn noch jemand mit dabei war - ein wenig auf Distanz gehen, den Abstand zu ihm vergrößern? Alleine in ihrem Zimmer in der WG gab es keinerlei Distanz, da konnten sie sich nahe sein. Aber hier? Er konnte es nicht mit Bestimmtheit sagen, er spürte es; und das machte ihn unsicher. Eine Beziehung war nicht dazu gemacht, dass man sich unsicher zu fühlen hatte, dass man damit rechnen musste, am nächsten Tag alleine aufzuwachen, ganz im Gegenteil. Falk versuchte, wohl gerade wegen dieser Unsicherheit, die er aufgrund ihrer gefühlten Distanz verspürte, sie noch näher zu sich zu holen. Sie waren mit einem befreundeten Pärchen unterwegs gewesen – befreundet, weil gemeinsam die Schule besucht -, hatten Tequila um wenig Geld getrunken und waren richtig abgesackt. Falk hatte seine unbeschreibliche und charmante Offenheit wieder einmal zur Schau gestellt, indem er dem männlichen Part des Gegenübers nach ein paar Runden hochprozentigen Alkohols eröffnete, dass er gar nicht so ein Trottel sei, wie Falk geglaubt habe. Betretenes Schweigen war die Antwort. Da es wohl ein Witz gewesen sein musste, wurde kurz darauf ein wenig gelacht und die Sache war gegessen. Für Falks Begleitung war es eine von vielen Peinlichkeiten. Daheim waren sie kurz nach sieben Uhr in der Früh. Und da bemerkte Falk zum ersten Mal, dass er dafür nicht geboren worden war. Er brauchte sein Bett. Wenigstens um drei Uhr morgens, vielleicht auch vier. Aber keineswegs, wenn es schon hell war. Rational war das wohl nicht nachvollziehbar, aber Falks Psyche tat es wohl besser, wenn er vor dem Morgengrauen in seinem Bette die Augen schließen konnte. Die Nacht, egal zu welcher Zeit, hüllte den Mantel der Dunkelheit über die Tatsache, ob es noch heute oder eben schon morgen war. Es konnte sein, dass sie sich an diesem Morgen gestritten hatten, worüber auch immer. Dann waren sie nach einem kurzen Frühstück ins Bett gekrochen und hatten bis zum Nachmittag durchgeschlafen. Sie hatte noch einen Termin gehabt und Falk war zu sich nach Hause gefahren. Daheim hatte er sich dieses Pearl Jam Video angesehen und dabei Tequila getrunken. Sie mochte Pearl Jam, vielleicht sah er es sich deswegen an diesem Abend an. Mehr hatte dieser Tag wohl nun nicht mehr zu bieten. Falk ging zu seinem Plattenregal und blätterte das Fach mit den Alben aus dem Jahre 78 durch. Dort standen so obskure Teile wie die Little River Band, Chicago, Ted Nugent, Al Stewart, Racing Car, Wallenstein und die Silver Convention. Musik, welche Falk sich niemals freiwillig anhören würde. Musiker, von denen Falk noch nie gehört hatte. Interpreten, von denen er sich niemals eine Platte gekauft hätte, wäre da nicht das Veröffentlichungsjahr gewesen, dieses verflixte 1978.

Als Falk in die große Stadt gezogen war, hatte er um die 350 LPs besessen. Das war eine ansehnliche Zahl für einen Achtzehnjährigen. Vor allem wenn man bedachte, dass die meisten in seinem Alter gar keine Platten besaßen. Vielleicht hatten sie ein paar daheim stehen, entweder von Anverwandten überlassen, das Schlagergold aus dem Jahre Schnee, Zarah Leander oder auch James Last, von dem Falk viele Jahre über geglaubt hatte, dass er *Läst* ausgesprochen würde, er hieß schließlich auch James. Der war ohnehin ein heißer Tipp, hatte er ja so viel Platten abgeliefert, dass man an ihm gar nicht vorbei kam. In jeder Wühlkiste, auf jedem Flohmarkt konnte man etwas von ihm finden, ob man wollte oder nicht. Eigentlich hieß er ja Hansi, aber was sollte es schon, international klang James besser und daheim klang es international. Der Mann verwurstete jeden Hit, ob Klassik oder Pop; alles, was ihm unter die schnippende Hand kam, wurde beLastet. Alleine 1978 hatte Last sechs Alben veröffentlicht, keines davon stand in Falks Plattenregal. Und keines würde es je dahin schaffen, davon war Falk überzeugt. Während seiner Schulzeit hörten sie alle ausschließlich Kassetten. Dann kamen die CDs. Einige wenige wussten noch mit Platten umzugehen, aber es waren eben nur einige wenige. Er konnte sich noch erinnern, dass er einmal der Tochter seines Deutschlehrers seine Stones-Platten geborgt hatte. Sie hatte sie gut behandelt und ihm nach einer Weile wieder vollständig retourniert. Die beigelegte Karte, auf der sie sich bedankt hatte, bei der er wohl einhaken hätte können, hatte er erst viel später entdeckt. Heute war sie nicht mehr auffindbar und er konnte sich auch nicht mehr daran erinnern, was sie ihm geschrieben hatte. Sie hatte ihm damals auch eine Kassette überspielt. Ein Mixtape – es gibt auch andere Musik als die der Stones, hatte sie es genannt – mit den üblichen Verdächtigen. Rage against the Machine, Patti Smith, Lou Reed. Wahrscheinlich hätte Falk da nachhaken sollen, hatte es aber, wie so oft in seiner Schulzeit, nicht getan. Die Message war einfach nicht angekommen. Warum das so gewesen war, das wusste wohl niemand so genau. Seine Sensoren hatten damals wohl noch nicht so fein gearbeitet, beziehungsweise waren sie auf andere Ziele eingestellt gewesen. Sie peilten die Unerreichbaren an. Die,

die sehr wohl mitbekamen, dass sie einhaken konnten, das aber partout nicht wollten. Kein Einzelfall zu jener Zeit.

Natürlich machte es keinen Sinn wahllos Platten aus dem Jahr 1978 zu sammeln. Aber Falk hatte damit begonnen und ein Ausstieg aus diesem Programm schien äußerst unrealistisch. Das Problem bei der Angelegenheit war auch noch, dass es ein schier aussichtsloses Unterfangen war. Wie konnte er jemals so ein Ziel erreichen, alle Platten aus besagtem Jahr zu besitzen? Abgesehen davon, dass es keinerlei umfassende oder gar komplette Aufzeichnungen darüber gab, wer was wo auf dieser Welt im Jahre 78 veröffentlicht hatte. Natürlich kannte man die üblichen Verdächtigen und ihre Platten, aber sollte er sich auf Bewährtes und Bekanntes beschränken? Oder einfach wahllos auf das Jahr des Copyrights schauen und das Album dann kaufen? Und ging es nur um reguläre Alben, zählten Live-Alben auch dazu, wollte er sich Compilations auch annehmen? Alleine diese Fragen waren noch nicht geklärt. Er hatte einfach einmal damit begonnen, die Platten seiner Sammlung aus besagtem Jahr in ein eigenes Fach zu stellen. Dann kaufte er immer wieder Platten dazu, von Musikern, die er kannte, bis er an dem Punkt angelangt war, auch Platten von Künstlern zu kaufen, die ihm nichts sagten. Der Tequila war leer und Falk war sich immer noch nicht im Klaren, wo er die Grenze ziehen sollte. Da hatte es dieser Typ, der ausschließlich das weiße Album der Beatles sammelte, um einiges leichter. Sein Terrain war abgesteckt, da änderte sich auch nichts mehr daran. Er sammelte das weiße Album, die Doppel-LP, und aus. Eine Sammelleidenschaft war ohnehin nicht unbedingt immer rational erklärbar. Fast genauso wie es mit den Gefühlen war. Man empfand etwas oder eben auch nicht. Das wusste schon John Paul Young, als er *Love is in the air* sang.

11 – Virgin Megastore

Wenn Falk den Morgen verkatert zu beginnen gedachte, gab es nur wenige Dinge, welche ihm den Tag erträglich machten. Eines war die Dunkelheit, er mied in solchen Situationen das Licht wie ein Vampir, zog die Vorhänge zu und versuchte das Kopfweh so gut wie möglich zu ignorieren. Dann holte er sich - und wenn er Glück hatte, war es auch vorbereitet - eine Flasche Cola aus dem Eiskasten. (Man muss ehrlichkeitshalber gestehen, normalerweise hatte er keines daheim, schon gar nicht gekühlt.) Nach den ersten beiden Gläsern machte sich das unterdrückte Hungergefühl bemerkbar und Falk griff zu einer weiteren drastischen Methode. Seine Proteinbombe bestand aus einem Paar Frankfurter, welches er offenherzig in eine passende Pfanne legte, den Zwischenraum mit geschnittenen Zwiebeln füllte und darüber ein Ei schlug. Das Ei salzte er, dann legte er den Deckel auf die Pfanne und wartete bis das Ei durch die zirkulierende Hitze auch an der Oberfläche leicht stockte. War dies geschehen, hob er den Deckel von der Pfanne und rieb Emmentalerkäse über den gesamten Inhalt. Diesen bestreute er mit Pfeffer, manchmal auch mit Chiliflocken, um dann wieder den Deckel auf die Pfanne zu setzen. War der Käse zur Gänze geschmolzen und bildete so ein Dach, unter welchem sich die restlichen Kalorien und Geschmacksstoffe verstecken konnten, dann durfte gegessen werden.

Sie waren gestern Abend noch beim Chinesen gewesen. Am Nachhauseweg hatte es zu regnen begonnen, nicht stark, ein leichter Sommerregen, warm und anregend. Daheim hatten sie sich ihre Kleider vom Leib geschält, waren umgehend ins Bett gesprungen, hatten sich geliebt und waren gemeinsam gekommen. Als Falk am nächsten Tag nach Hause fuhr, lag der Sommer vor ihnen beiden.

Im Virgin Megastore auf der Mariahilferstraße war an diesem warmen Vormittag noch nicht viel los. Rechts vom Eingang standen die Neuerscheinungen und an einer Reihe von Säulen konnte man sie sich mittels Kopfhörern anhören. Neben Madonnas *Ray of Light* gab es das neue Garbage-Album, die Beastie Boys hatten mit *Hello Nasty* eine neue Platte veröffentlicht und Pulp erklärte, was *Hardcore* sei. Falk hörte in die ersten paar Tracks des neuen Manu Chao-Albums, war aber nicht wirklich überzeugt. Positiv ausgedrückt, war auch er seinem Stil treu geblieben.

Auch Roger Taylor, der Queen-Drummer, hatte ein neues Soloalbum auf den Markt geworfen. (Und er coverte hier auch noch *Working Class Hero* von John Lennon. Das traf den Nagel wohl nicht ganz.) Es würde wohl recht unbeachtet in der Flut an Neuerscheinungen untergehen. Falk überlegte sich, ein Exemplar mitzunehmen, dann legte er die CD wieder zurück. Auf der einen Seite hielt er Taylor ja für sympathisch; bevor Deacon sein Queen-Lieblingsbandmitglied geworden war, hatte Taylor diesen Platz innegehabt, seine Solosachen hatten aber die Eigenschaft im Regal zu verstauben. Jahre später würde dieses Album wohl zu einem raren werden und Falk würde, um seine Sammlung zu vervollständigen, mehr dafür ausgeben, als er es heute wohl tun müsste.

Falk schlenderte ein wenig durch die Gänge, blätterte hie und da ein Fach durch. Es war die Hochblüte des Musikgeschäfts. Die CD hatte für einen Schub an Einnahmen gesorgt, nachdem sich viele Musikkonsumenten ihre Platten auf dem neuen Medium nochmalig zugelegt hatten. Es war Geld da und es wurde ausgegeben. Falk befand sich jetzt bei den deutschsprachigen Künstlern. Er blätterte sich dort kurz durch, jedoch war das Angebot überschaubar. Im Großen und Ganzen hielten die üblichen Verdächtigen hier das Runder fest in der Hand, ein paar Indie-Bands waren nachgekommen, ansonsten: alles beim Alten. Im Untergeschoss des Megastores befand sich die erste Version des Thalia. Später würde er die Mariahilferstraße weiter hinauf ziehen. Falk konnte sich hier stundenlang aufhalten. Von Büchern loszukommen war ja fast noch schwieriger als von Platten. Jede Seite, in die man hineinlesen konnte, barg ein eigenes Universum an Zeilen. Man konnte daran riechen und es gab die unterschiedlichsten Ausgaben. Nicht wie bei Platten, deren Cover in der Regel immer gleichbleibend war. Falk verzog sich in die Ecke mit den Musikbüchern. Hier war das meiste zu finden, das Falk kannte, suchte und auch wirklich brauchte. Unmengen an Büchern über Dylan, die Rolling Stones, über die Beatles; Elvis fand man hier und man musste nur einen Schritt zur Seite machen und war bei den Werken über Filme, Schauspiel und Fernsehen. Egal, ob Episodenführer von Star Trek oder den Simpsons oder Vorlagen zu Filmen wie Jackie Brown oder Planet der Affen, es war ein Paradies und es war ein Glück, hier seine Zeit verbringen zu können. Falk war sich noch gar nicht bewusst, welches Fundament an Wissen und Konversationsbasis er durch seine Streifzüge hier erlangte.

Im warmen Sonnenlicht auf der Mariahilferstraße sah er den Obdachlosen mit seinem Hund, der hier wohl schon zum Inventar gehörte, eine Zigarette drehen. Falk ging, wie alle anderen, an ihm vorbei zur U-Bahn. Die Station Neubaugasse, die direkt zum Kaufhaus Gerngross und somit zum Saturn führte, war, wie eigentlich immer, stark frequentiert. Falk merkte jetzt, als er auf die U-Bahn wartete, dass er eigentlich recht müde war. Der Abend war lange gewesen, sie waren um halb acht Uhr aufgestanden, hatten noch gefrühstückt und dann hatte er sich auf den

Weg gemacht. Er wusste nicht, was es war, jedoch hatte sich der gestrige Abend in irgendeiner Weise von den üblichen Abenden und Nächten, die sie gemeinsam verbracht hatten, unterschieden. Es musste am Sommer liegen. Die Wärme, die Sonne, sie machten einfach alles leichter. Selbst die große Stadt wärmte sich auf, bevor sie in die Überhitzung kippte und die vielen Tonnen an Beton sich aufheizten, als wären sie Schamottsteine in einem Speicherofen. Falk hatte die Kopfhörer im Ohr und lauschte dem neuen Album von Julian Lennon. Besagter Sohn veröffentlichte in unregelmäßigen Abständen Musik, welche der seines Vaters gar nicht ähnelte, das aber wohl tun sollte. *How many times* sang er, und das war natürlich eine gute Frage. Aber guter Fragen gab es einige und Falk hatte in diesem Moment nicht das Verlangen danach, sich gute Fragen zu stellen, schon gar nicht, sie zu beantworten. Er würde heute nicht viel tun.

Als er die U-Bahn für die Straßenbahn verließ, schien die Sonne schon so stark, dass Falk zu schwitzen begann. Wenn er dann aussteigen würde, nach zwanzig Minuten Fahrt, würde er wohl durchgeschwitzt sein. Daheim entledigte er sich seiner Kleidung und stieg erst einmal unter die Dusche. Das Wasser erfrischte ihn, die Dusche im Allgemeinen würde ihn aber noch müder machen. Er würde sich wohl einen Film einlegen und dabei eindösen. Als der Vorspann über den kleinen Farbfernseher flimmerte, war Falk in Gedanken schon weit weg und kurz darauf senkten sich seine Lider und er schlief ein.

12 – Pensch

Falk hatte seinen Rucksack bis obenhin gepackt. Vier Wochen Irland erforderten Einiges an Vorbereitung. Vor allem, wenn man zu Fuß unterwegs sein wollte. Das Interrailticket kauften sich die beiden in Salzburg, dem letzten Halt in Österreich. Sie war daheim geblieben, Roland würde ihn begleiten. So hatte es sich ergeben. Sie fuhren über Straßburg nach Calais, dann mit der Fähre nach Dover. Zwei Tage verbrachten sie in London. Das Zimmer war eng, das Stiegenhaus noch enger und das kleine Bad, das sich wohl die gesamte Belegschaft des Hauses teilen musste, stand grundsätzlich unter Wasser. Die nächste Fähre brachte sie nach Dublin. Dort verbrachten sie einige Tage etwas außerhalb der Stadt, hatten ein Haus für sich alleine. Im Vergleich zu London der pure Luxus für weniger

Geld. Die Chips schmeckten nach *vinegar*, das Brot war weich und das Bier grundsätzlich dunkel. Dann machten sie sich auf den Weg hinaus aus der Stadt. Interrail war eine gute Sache, solange Zügen verkehrten oder überhaupt ein gutes Schienennetz vorhanden war. Hier fuhren hauptsächlich Busse. Ein paar Stationen später verließen sie den Zug und machten sich zu Fuß auf in den nächsten Ort. Navan. Der Irische James Bond war hier geboren. 78 gab es keinen Film der Reihe, aber es gab *Convoy* und es gab *Halloween*. Die *Killertomaten* hatten angegriffen, Jack Nicholson führte Regie und *Grease* war nicht das einzige Musical. Die Rutles bekamen verdienterweise eine eigene Mockumentary, Kiss jagten ein Phantom im Freizeitpark und *Kottan* bekam seinen dritten Darsteller, dafür verabschiedete sich *Columbo* vom Fernsehschirm. Natürlich gab es auch Filme mit Qualitätsanspruch, in seiner zwölften Ausgabe lieferte der *Schulmädchenreport* Wissenswertes über das deutsche Bildungssystem; man konnte sich darüber freuen, dass die Schwedinnen nun endlich da waren. Und um wieder zur Musik zurück zu kommen: *Eis am Stiel* hatte einfach den besten Soundtrack – der aber reziprok zum Inhalt der gesamten Filmreihe stand.

So ein Zelt war recht flott aufgebaut, ein kleines Feuer entfacht und in Ermangelung anderer Lebensmittel – abgesehen von diesem Ungarischen Käse und etwas Brot - grillte man eben die Eier, die man mit hatte. Falk las jeden Abend aus den gesammelten Werken von *Monty Python´s Flying Circus* vor und tagsüber verspielten sie ihr Geld beim

Poker. Was aber relativ egal war, denn sie mussten beide wieder zurück, somit war ein Gewinn im Vorhinein schon relativ zu betrachten.

Dann kam die Sache mit den Kühen. Erst waren sie nicht da gewesen. Das Feld war quasi frei, umzäunt von Bäumen und Hecken, somit von der Straße aus nicht einsehbar, somit hervorragend als Nachtlager geeignet. Das Zelt stand und man begab sich, mehr oder weniger, zu Ruhe. Dass Tiere auf Umstände reagieren, die der Mensch erst um einiges später mitbekommt, sei hier erwähnt. Jedenfalls war es so, dass Falk oder Roland doch noch einen Blick aus dem Zelt warf und sich so versichern konnte, dass eine ganze Herde an Rindern, samt dazugehörigen Bullen, dabei war sich zu ihnen zu gesellen. Ein Zelt lässt sich relativ flott aufbauen, abbauen lässt es sich aber noch schneller. Von diesem Abend an verbrachten sie die Nächte auf diversen Campingplätzen, was auch wiederum zu etwas Anschluss führte.

Die Fähre brachte sie in einer Nacht von Rosslare nach Fishguard, wo der Zug schon am Bahnsteig wartete. Der nächste stationäre Aufenthalt folgte in Paris. Dort gerieten sie in eine Familienfeier, als sie in einer jüdischen Pizzeria zu Abend aßen. Falk hatte ein wenig Französisch in der Schule gelernt, es aber dort gelassen, somit war das Entziffern der Speisekarte eine abenteuerliche Angelegenheit. Poulet war Geflügel, das hatte reichen müssen. An diesem Abend ihrer Reise lagen sie im Bett und tranken den letzten Wein. Morgen um diese Zeit würden sie schon im Zug sitzen und vor sich hin dösen.

Falk verließ sein Abteil und beobachtete durch das Gangfenster, wie der Zug in den Bahnhof einfuhr. Er war wieder daheim. Ein paar Tage früher als geplant, jedoch mit genau so vielen Erinnerungen und Eindrücken wie möglich. Daheim sperrte er die Tür auf, trat ein und ließ seinen Rucksack zu Boden gleiten. Er entledigte sich seiner verschwitzten Kleidung und stellte sich erst einmal unter die Dusche. Dann rief er sie an. Nach dem, was sie ihm gesagt hatte, würde sie nicht da, noch bei der Familie sein. Aber sie hob ab.

Und genauso wie er das Herannahen der Kühe und ihrer Bullen gespürt hatte, war diese Ahnung die ganze Reise über schon da gewesen. Möglicherweise war es auch schon an ihrem letzten gemeinsamen Abend für ihn spürbar gewesen, an diesem Abend, der so gelungen schien. Das Praktische an der ganzen Sache war, dass der andere denselben Namen hatte. Sie würde heute noch zurück zu ihren Eltern fahren, zu ihm, wie Falk annahm, somit erübrigte sich alles Weitere. Später einmal würde er darüber nur lächeln, wenn er das Ausmaß des Ganzen erkannt haben würde, mit den geringen Auswirkungen dieser Angelegenheit auf sein Leben, doch an diesem Tag sah er alle Farben nur noch in einem leuchtenden Schwarz.

Die nächsten Tage versuchte Falk so gut wie möglich zu verbringen. Er hatte nichts geplant, es gab nichts zu tun. Es war die beste Zeit, noch genauere Ordnung in seine ohnehin schon penibel sortierte Plattensammlung zu bringen. Er überlegte eine ganze Weile, ob er beim üblichen A bis Z bleiben oder in bestimmte Kategorien sortieren sollte. Er entschied sich für eine radikale Veränderung seines Ordnungssystems. Er ließ die internationalen Herren weiterhin in ihrer konservativen A bis Z-Reihung, trennte die Damen davon, sortierte Schauspieler und deren Kolleginnen aus, schuf einen kleinen Stoß mit seinen Jazzplatten, gruppierte Literatur, Lesungen und Ähnliches und trennte ein weiteres Mal Deutschland von Österreich. Soundtracks und Sampler hatten bisher ohnehin schon ihr Alleinstellungsmerkmal und waren dementsprechend platziert. Falk wäre nach nicht allzu langer Zeit fertig gewesen; was aber bei solch einer Tätigkeit verzögernd hinzu kommt, ist, dass es ja nicht damit getan ist, die Platten zu sortieren und an ihren neuen Platz zu stellen. Jeder Handgriff dauert um einiges länger, da es ja nicht reichte, den Namen des Interpreten und das Erscheinungsjahr – um eine korrekte Reihenfolge zu gewährleisten – abzulesen, sondern zumindest ein Blick auf die Platte selbst oder deren Innenhülle geworfen werden musste, um sich kurz daran zu erinnern, warum man dieses Album besaß, wo und wann man es gekauft und möglicherweise auch wie viel man dafür bezahlt hatte. Platten kaufen war die eine Angelegenheit; eine Sammlung in Ordnung zu halten, ein ansprechendes System zu warten, den Überblick zu halten um etwaige Doppelkäufe zu vermeiden - darin lag die Kunst; und dessen war sich Falk bewusst.

13 – Epilog

Falk fühlte sich unendlich müde. Er stand in seinem Badezimmer vor dem Spiegel, sah sich in die Augen und wusste, dass es noch einige Zeit benötigte, bis er wieder auf Spur sein würde. Er driftete in Erinnerungen ab, sah sich und sie am Maturaball ihrer ehemaligen Schule, als er sie an einen Baum gelehnt, geliebt und dann um sechs Uhr morgens vor die Tür der örtlichen Polizeistation gekotzt hatte; er erinnerte sich an Silvester, an den Heimweg durch den Wald – die Erinnerung hatte der Angelegenheit ihren bittersüßen Schmerz hinzugefügt. Falk ging nackt in sein Wohnzimmer, stellte sich vors Plattenregal und fischte willkürlich ein Album aus einem der Fächer. Er hielt es für eine kurze Weile in seinen Händen, dann ging er zum Plattenspieler, setzte ihn in Bewegung, holte die Innenhülle aus dem Cover, dann die schwarze Scheibe aus selbiger und legte die erste Seite von *Rust never sleeps* auf.

*

Joan Armatrading *To the limit* Shirley Bassey *Yesterdays* Carole Bayer Sager *...too* Blondie *Parallel Lines* Kate Bush *Lionheart* Carlene Carter *Carlene Carter* Karen Cheryl *Karen Cheryl* Rita Coolidge *Love me again* Marianne Faithfull *Faithless* Luisa Fernandez *Disco-Darling* Roberta Flack *If I ever see you again* Aretha Franklin *Almighty Fire* Gloria Gaynor *Love Tracks* Nina Hagen Band *Nina Hagen Band* Emmylou Harris *Quater Moon in a ten Cent Town* Carole King *Welcome Home* Gladys Knight & the Pips *The One and Only* Loretta Lynn *Out of my head and back in my bed* Ulla Meinecke *Meinecke Fuchs* Bette Midler *The Best of Bette* Nana Mouskouri *Lieder, die die Liebe schreibt* Maria Muldaur *Southern Winds* Sally Oldfield *Water-Beaver* Dolly Parton *Heartbreaker* Erika Pluhar *Beziehungen* Suzie Quatro *If you knew Suzi...* Scarlet Rivera *Scarlet Fever* Linda Ronstadt *Living in the USA* Diana Ross *Ross* The Runaways *And now...* Nina Simone *Baltimore* Patti Smith Group *Easter* Dusty Springfield *It begins again* Barbra Streisand *Songbird* Tanya Tucker *TNT* Tammy Wynette *Womanhood* Acker Bilk *Extremely Live in Studio One* Chick Corea *Secret Agent* Chick Corea *The Mad Hatter* Fatty George and his Chicago Jazz

Band *Fatty ´78* Herbie Mann *Sunbelt* The Pasadena Roof Orchestra *A talking Picture* Passport *Ataraxia* Zoot Sims meets Jimmy Rowles *If I´m Lucky* Axel Zwingeberger *Boogie Woogie Breakdown* Axel Zwingeberger Big Joe Turner *Let´s Boogie Woogie All Night Long American Hot Wax Convoy Grease HalloweenThe Buddy Holly Story The Rutles* 1. Allgemeine Verunsicherung & Wilfried *1. Allgemeine Verunsicherung* Peter Alexander *P.A. heute* W. Ambros *Wie im Schlaf* Ambros Tauchen Prokopetz *Schaffnerlos* Arik Brauer *7 auf einen Streich* Georg Danzer *Narrenhaus* Georg Danzer *Ein wenig Hoffnung* Edi Finger *Fußball WM 78* André Heller *Bitter und Süß* A. Heller *Basta* Ludwig Hirsch *Dunkelgraue Lieder* Udo Jürgens *Ein Mann und seine Lieder* Udo Jürgens *Die Blumen blüh´n überall gleich* Udo Jürgens *Buenos Dias Argentina* Sigfrid Maron *Heute kann i heute derf i* Helmut Qualtinger *ka stadt zum leben - ka stadt zum sterben* Qualtinger *Tagesbefehl* Karl Ratzer *In search of the ghost* Schmetterlinge *Beschwichtigungsshow* Emil Steinberger *Emil träumt...* The Beatles Revival Band *Ein Flug in die DDR* Wolf Biermann *Trotz alledem!* De Bläck Fööss *Mer han ´nen Deckel* Roberto Blanco *Viva Roberto* Fredl Fesl *drei* Gunter Gabriel *neue songs und country hits* Gebrüder Blattschuss *bla bla blattschuss* Dieter Hallervorden *Nonstop Nonsens* Robert Horton *Lieder, die wie Falken sind* Hanns Dieter Hüsch *Das schwarze Schaf vom Niederrhein* Mike Krüger *Stau mal wieder* Udo Lindenberg *Lindenbergs Rock Revue* Udo Lindenberg & das Panikorchester *Geen Paniek* Udo Lindenberg und das Panikorchester *Dröhnland-Symphonie* Loriot *Loriots Heile*

Welt Bruce Low *Die Legende von Babylon* Peter Maffay *live* Reinhard Mey *Unterwegs* Marius Müller-Westernhagen *Mit Pfefferminz bin ich dein Prinz* Otto *Ottocolor* Ernst Schultz *Irgendsoein Lied* The Teens *The Teens* Hannes Wader *singt Shanties* Konstantin Wecker *Eine ganze Menge Leben* 10CC *Bloody Tourist* AC/DC *If you want blood you´ve got it* Willie Alexander and the Boom Boom Band *Boom Boom* Ananta *Night and Daydream* Paul Anka *Listen to her heart* Average White Band *Warmer communications* Charles Aznavour *Vor dem Winter* Charles Aznavour *Je nái pas vu le temps passer...* B.T.O. *Street Action* Randy Bachman *Survivor* The Band *The last waltz* Barcley James Harvest *XII* The Beach Boys *M.I.U. Album* Gilbert Becaud *Becaud* Dickey Betts & great Southern *Atlanta´s burning down* Boney M. *Nightflight to Venus* The Boomtown Rats *A Tonic for the troops* Boston *Don´t look back* David Bowie *Heroes* David Bromberg *My own house* Hermann Brood & his wild romantic *Shpritz* Jimmy Buffet *You had to be there* Jimmy Buffet *Son of a Son of a Sailor* Jim Capaldi *The Contender* Keith Carradine *Lost and found* The Cars *The Cars* Johnny Cash *Gone Girl* Johnny Cash *I would like to see you again* Ray Charles *love & peace* Cheap Trick *Heaven tonight* Chicago *Hot Streets* Eric Clapton *Backless* The Clash *Give ´em enough rope* Jack Clement *All I want to do in life* Joe Cocker *Luxury you can afford* Commodores *Natural High* Alice Cooper *From the inside* Elvis Costello *This years model* Johnny Cougar *A Biography* Hank Crawford *Cajun Sunrise* Crazy Horse *Crazy Moon* Crimson Tide *Crimson Tide* Rodney Crowell *Ain´t living long like this* Tim Curry *Read my lips*

Sammy Davis Jr. *The Sound of Sammy* Devo *Q:Are we not men A:We are Devo* Al Di Meola *Casino* Neil Diamond *You don´t bring me flowers* Dion *Return of the Wanderer* Dire Straits *Dire Straits* Doctor Feelgood *Private Practice* Doctors of Madness *Sons of Survival* Fats Domino *Sleeping on the Job* Lonnie Donegan *Puttin´ on the style* Lonnie Donegan *Sundown* The Doobie Brothers *Minute by minute* The Doors *An American Prayer* Carl Douglas *Keep pleasing me* Bob Dylan *Street Legal* Dave Edmunds *Tracks on wax* Emerson Lake & Palmer *Love Beach* Fabulous Poodles *Unsuitable* Bryan Ferry *The bride stripped bare* Fickle Heart *Sniff´n the tears* Fotomaker *Vis-a-vis* Fotomaker *Fotomaker* Peter Gabriel *Peter Gabriel* Art Garfunkel *Watermark* Marvin Gaye *Here, my Dear* The J. Geils Band *Sanctuary* Genesis *...and then there where three...* Andy Gibb *Shadow dancing* Don Gibson *Starting all over again* Nick Gilder *City Nights* David Gilmour *David Gilmour* Golden Earring *Grab it for a second* Dobie Gray *Midnight Diamond* Arlo Guthrie *One night* Grateful Dead *Shakedown Street* Steve Hackett *Please don´t touch* Marshall Hain *Free Ride* Daryl Hall John Oates *Along the Red Ledge* Steve Harley *Hobo with a grin* Head East *Head East* Levon Helm *Levon Helm* Rupert Holmes *Pursuit of Happiness* Dr. Hook *Pleasure & Pain* Hot Chocolate *Every 1´s a Winner* The Jacksons *Destiny* Jean Michel Jarre *Equinoxe* Al Jarreau *All fly home* Garland Jeffreys *One-eyed Jack* Waylon Jennings *I´ve always been crazy* Waylon Jennings & Willie Nelson *Waylon & Willie* Billy Joel *52nd Street* Elton John *A single man* Kevin Johnson *Journeys* Robert Johnson *Close personal friend* Booker T.

Jones *Try and love again* Mickey Jupp *Juppanese* Dough Kershaw *The Louisiana Man* Kilburn + the High Roads - featuring Ian Dury *Wotabunch!* BB King *Midnight beliver* The Kinks *Misfits* Kiss *Gene Simmons* Kiss *Paul Stanley* Kiss *Ace Frehley* Kiss *Peter Criss* Kris Kristofferson *Easter Island* Kris Kristofferson & Rita Coolidge *Natural Act* Jerry Lee Lewis *Keeps Rockin'* Gordon Lightfoot *Endless Wire* Little River Band *Sleeper Catcher* Kenny Loggings *Nightwatch* Nick Lowe *Jesus of Cool* Lynyrd Skynyrd *First and last* The Manhatten Transfer *Pastiche* Barry Manilow *Even now* Manfred Mann´s Earth Band *Watch* Bob Marley & the Wailers *Kaya* Bob Marley & The Wailers *Babylon by Bus* Dean Martin *Once in a while* Johnny Mathis You *light up my life* Ian Matthews *Stealin' home* John Mayall *the last of the british blues* Bob McBride *...here to sing* Country Joe McDonald *Rock and Roll Music from Planet earth* Johnny McLauglin *Electric Guitarist* Don McLean *Chain Lighting* Midnight Oil *Midnight Oil* John Miles *Zaragon* Frankie Miller *Double Trouble* Mink De Ville *Returning to Magenta* Eddie Money *Life for the taking* The Moody Blues *Octare* Gary Moore *Back on the streets* Van Morrison *Wavelength* Mother´s Finest *Another Mother Further* The Motors *Approved by The Motors* The Nits *The Nits* Ted Nugent *Weekend Warriors* The O´Jays *So full of love* Robert Palmer *Double Fun* Graham Parker and the Rumor *The Parkerilla* The Alan Parsons Project *Pyramid* Tom Paxton *Heroes* Carl Perkins *Ol´ blue suede´s back* Tom Petty and the Heartbreakers *You´regonna get it!* Wilson Picket *a funky situation* Plastic Bertrand *j´te fais un plan* The Platters

Reborn The Police *Outlandos d'Amour* Prince *For you* Queen *Jazz* Racing Cars *Bring on the night* Gerry Rafferty *City to City* Rah Band *The crunch & beyond* Chris Rea *Whatever happend to Benny Santini?* Leon Redbone *Champagne Charlie* Lou Reed *Street Hassle* REO Speedwagon *You can tune a piano but you can't tuna fish* Cliff Richard *Green Light* Smokey Robinson *Love Breeze* Kenny Rogers *Love or something like it* The Rolling Stones *Some Girls* The Rumor *Frogs Sprouts Clogs and Krauts* Demis Roussos *Demis Roussos* Saga *Saga* Santana *Inner secrets* Leo Sayer *Leo Sayer* Neil Sedaka *All you need is the music* Bob Seeger & Silver Bullet Band *Stranger in town* Tony Sheridan & the Elvis Presley Band *Worlds Apart* The Shirts *The Shirts* Silver Convention *Love in a sleeper* Shel Silverstein *Songs and Stories* Small Faces *78 in the shade* Smokie *The Montreux Album* Southside Johnny and the Asbury Jukes *Hearts of stone* Bruce Springsteen *Darkness on the edge of town* Squeeze *Squeeze* Ringo Starr *Bad Boy* Edwinn Starr *Clean* The Statler Bros. *Entertainers...on and of the record* Status Quo *If you can't stand the heat* Cat Stevens *back to earth* Rod Stewart *Blondes have more fun* Al Stewart *Time Passages* Stephen Stills *Thoroughfare Gap* Talking Heads *More Songs about Buildings and Food* Thin Lizzy *Live and dangerous* B.J. Thomas *Everybody loves a rain song* George Thorogood & the Destroyers *Move it on over* Sonny Throckmorton *Last Cheaters Waltz* Mel Tillis *I belive in you* Peter Tosh *Bush Doctor* Allen Toussaint *Motion* Umberto Tozzi *Tu* Pat Travers Band *Heat in the street* TRB *Power in the darkness* Conway Twitty *Georgia keeps pulling on my rigg* UFO *Obsession* Ultravox *Systems of Romance* Unicorn *One more tomorrow* Van Halen *Van Halen* Hermann Van Veen *Zugabe* Townes Van Zandt *Flyin´Shoes* Various *Stiff Live* Village People *Macho Man* Village People *Cruisin´* Tom Waits *Blue Valentine* Jerry Jeff Walker *Contrary to Ordinary* Jerry Jeff Walker *Jerry Jeff* Wallenstein *Charline* Muddy Waters *I´m ready* Johnny Guitar Watson *Giant* Andrew Lloyd Webber *Variations* Bob Welch *Three Hearts* Werewolves *Werewolves* The Who *Who are you* Kenneth Williams *Parlor Poetry* Wings *London Town* Wings *Greatest* Johnny Winter *White, hot & blue* Wishbone Ash *No smoke without fire* Wreckless Eric *The wonderful world of Wreckless Eric* Wreckless Eric *Wreckless Eric* Yellow dog *Beware of the dog* Yes *Tomato* John Paul Young *Love is in the air* Neil Young *Comes a time* Frank Zappa *Studio Tan* Warren Zevon *Excitable Boy*

Jänner 23 – Juni 23

...nach Diktat verreist

Bitte beachten Sie auch die folgenden Seiten

Die Moral ist eine Hure
Eine Sammlung ungewöhnlicher Kurzgeschichten
Taschenbuch 2012
ISBN: 978-3-8482-1504-1

Hot Whiskey
Eine Reise nach Irland, die mehr kostet als sie verspricht.
Taschenbuch 2014
ISBN: 978-3-7386-0774-1

Simmering
Ein LokalKriminalRoman
Taschenbuch 2015
ISBN: 978-3-7386-0774-1

All inklusive
Ein Urlaubsroman mit Kriminalfaktor, Ungereimtheiten und anderen Verwicklungen; tägliche Animation inklusive!
Taschenbuch 2016
ISBN: 9-7838370-7717-1

Blutiger Schnee
Ein Trashroman
Taschenbuch 2016
ISBN: 978-3-8370-5600-6

Der Junggeselle
12 Erzählungen sowie eine Einleitung
Taschenbuch 2017
ISBN: 978-3-7448-3374-5

Absinth
Fünf dunkle Erzählungen
Taschenbuch 2017
ISBN: 978-3-7448-2953-3

Zweisitzercouch

Falks 40. Geburtstag steht bevor
Taschenbuch 2018
ISBN: 978-3-74604-317-3

Als gäbe es kein Morgen

Ein Episodenroman
Taschenbuch 2019
ISBN: 978-3-7412-7085-7

Der Versicherungsfall

Eine Satire
Taschenbuch 2020
ISBN: 978-3-7504-7122-4

Komplett

Die Schneidakrimis
Taschenbuch 2021
ISBN: 9783753498041

Die Corona Files

Die komplette Trilogie
Taschenbuch 2021
ISBN: 9783755752189

Verzicht

Das Buch zum gleichnamigen Album
Taschenbuch 2022
ISBN: 9783756222407

Der Schreiber

Messmer schreibt wie eine scharfe Klinge
Taschenbuch 2022
ISBN: 9783755752189

sowie

Kemmer ermittelt - der neue Heftroman

erhältlich im Fachhandel und auf

www.girmindl.at